Arena-Taschenbuch
Band 50770

Achtung!

Dies ist ein Weihnachtskrimi in 24 spannenden Kapiteln!
Er funktioniert wie ein Adventskalender:
Jeden Tag vom 1. bis zum 24. Dezember kannst du ein „Türchen", das heißt also ein Kapitel, öffnen. Am besten du nimmst dazu ein Lineal oder einen Brieföffner. Probier's gleich mal aus!

Weitere Weihnachtskrimis von Jo Pestum im Arena-Taschenbuchprogramm:

Die geheimnisvollen Engel (Band 50408)
Drei Könige auf Abwegen (Band 50388)
Der Weihnachtsmann im Tannenbaum (Band 50389)
Die gefährlichen Schneemänner (Band 50390)
Die Weihnachtsmarktdetektive (Band 50422)
Die gestohlenen Weihnachtsgeschenke (Band 50644)
Die rätselhaften Nikoläuse (Band 2260)
Das verschwundene Christkind (Band 50265)

Jo Pestum
studierte Malerei und arbeitet als Schriftsteller sowie Film-, Funk- und Fernsehautor. Er zählt zu den bekanntesten Kinder- und Jugendbuchautoren.

Jo Pestum

Die Lametta-Bande

Ein Weihnachtskrimi in 24 Kapiteln

Mit Bildern von Lisa Althaus

Arena

FSC
www.fsc.org
MIX
Papier aus verantwortungsvollen Quellen
FSC® C110508

1. Auflage als Arena-Taschenbuch 2015

Umschlag- und Innenillustration: Lisa Althaus
Umschlagtypografie: KCS GmbH · Verlagsservice & Medienproduktion, Stelle/Hamburg
Gesamtherstellung: Westermann Druck Zwickau GmbH
ISSN 0518-4002
ISBN 978-3-401-50770-5

www.arena-verlag.de
Mitreden unter forum.arena-verlag.de

1. Dezember

Drei Stationen bis zum Südpol

Es war bitterkalt. Scharfer Wind pfiff durch die Straßen. Schwer bepackt eilten Philipp und Lutz auf den Hauptbahnhof zu und freuten sich auf die kommenden Tage. Passanten guckten verwundert. Ob die beiden Jungen sich wohl in der Jahreszeit geirrt hatten, mochten sie denken. Lutz hatte sich die Isomatten und den Kochtopf auf den Rucksack geschnallt, Philipp schleppte auf seinem Rucksack den Zeltbeutel und das Gestänge.

Lutz hatte die Idee gehabt und sein Freund war sofort begeistert gewesen. Wir zelten in den Tagen vor Weihnachten! Winternächte im Zelt seien das Allergrößte, hatte Lutz erklärt. Er musste es wissen, denn er war bei der Pfadfindersippe Biber und hatte schon zweimal im Winter gezeltet.

In diesem Jahr hatten die Ferien besonders früh begonnen: Fünf Tage waren es noch bis Heiligabend. Diese Tage wollten Philipp und Lutz nutzen – und ganz besonders die Nächte. Für Philipp hatte es noch eine harte Nuss zu knacken gegeben, denn die Eltern hielten den Plan der beiden Jungen schlichtweg für Spinnerei. Das sei viel zu gefährlich, meinten sie, und bei der Kälte könne man leicht erfrieren. Philipp konterte, berühmte Polarforscher wie Roald Amundsen und Fridtjof Nansen seien damals auch nicht erfroren, obwohl sie bloß eine altmodische Ausrüstung gehabt hätten und viel tiefere Temperaturen aushalten mussten, und die Trapper in Alaska würden sowieso immer im Zelt schlafen.

Zum Glück hatte es dann einen Kompromiss gegeben. Philipp schlug vor, Lutz und er könnten das Zelt doch in der Nähe des Bauernhofes der Haferkamps aufschlagen. Da fände man zur Not doch Unterschlupf, falls mal ein fürchterlicher Schneesturm tobte. Mehr überredet als überzeugt telefonierte die Mutter dann mit ihrem Cousin Hermann Haferkamp. Der fand die Idee der beiden Jungen großartig. Bestimmt werde auch Jakob bei der winterlichen Zelterei mitmachen. Philipp war vor Freude ganz außer sich.

Inzwischen waren Lutz und Philipp beim Hauptbahnhof angekommen. Am Fahrkartenautomaten lösten sie ihre Tickets. Sie freuten sich darauf, dem vorweihnachtlichen Rummel zu entkommen. Statt Kaufrauschhektik und Weihnachtsliedergeplärre waren nun Abenteuer im Wald und nächtliche Lagerfeuer angesagt.

Vom Bahnsteig 18, dem allerletzten im großen Bahnhof, fuhren die Züge zu den umliegenden Kleinstädten und Dörfern ab. Die Jungen wuchteten ihre schweren Rucksäcke auf eine Bank und futterten erst einmal ein paar Schokoriegel. Die wenigen Reisenden, die auf den Zug warteten, hatten sich der schneidenden Kälte wegen in den Warteraum zurückgezogen, doch Philipp und Lutz ließen sich vom eisigen Wind nicht beeindrucken.

Der Regionalzug tuckerte pünktlich ein. Lutz und Philipp schleppten ihr Gepäck zum vorderen Wagen und ließen sich auf die Sitze plumpsen. Die Reise konnte beginnen! Neugierig schielten die Mitreisenden auf die Rucksäcke, da und dort wurde getuschelt. »Wozu brauchen die zwei Jungen einen Kochtopf?«, raunten sie. »Haben die etwa Schlafsäcke dabei?« – »Camping im Winter? Das gibt es doch gar nicht!« Philipp und Lutz amüsierten sich prächtig.

Ein langer Lulatsch, der wie sein Kumpel Bier aus der Dose schlürfte, zog sich die Kopfhörer von den Ohren und grinste Lutz und Philipp dämlich an. »Hey, ihr beiden, ihr wollt wohl am Nordpol Pinguine füttern?«

»Am Nordpol gibt es keine Pinguine«, erwiderte Philipp gelassen. »Solltest du eigentlich wissen, das lernt man nämlich schon im Kindergarten.«

Lutz schaltete sich ein. »Wir können's dir ja ruhig verraten. Hast du 'ne Ahnung, wo der Yukon fließt? In Alaska. Da rei-

sen wir hin. Am Nordufer des Yukons gibt es die gewaltigsten Grizzlys. Wir sind nämlich Bärenjäger.«

»Armleuchter!«, grunzte der Lulatsch und stülpte sich die Kopfhörer wieder auf. Die leere Bierdose kickte er einfach in den Gang.

Philipp und Lutz schauten hinaus in die karge Winterlandschaft. Der Zug hatte das Stadtgebiet verlassen. Graue und braune Felder huschten vorbei, dazwischen kleine Industrieanlagen, Gehöfte und Wohnsiedlungen. Doch allmählich wurde die Landschaft reizvoller. Über die Hügel am Horizont dehnte sich ein schier endloser Wald. Auf einem Acker dicht am Bahndamm hoppelten Kaninchen inmitten dichter Scharen pickender Krähen. Hin und wieder gellte die Warnhupe der Diesellok.

»Mann, wenn wir jetzt wirklich auf dem Weg nach Alaska wären!« Lutz wischte mit dem Anorakärmel die Fensterscheibe sauber. »Das wär echt der ultimative Kick.«

Philipp lachte. »Eine Expedition zum Nordpol wäre auch nicht schlecht, auch wenn's da keine Pinguine gibt. Ich kann mir gut vorstellen, dass ich später mal Naturforscher werde. Dschungel, Wüste, unentdeckte Inseln – das interessiert mich alles. Und das Eismeer am Nordpol ganz besonders.«

»Ich glaube, am Südpol ist es spannender als am Nordpol«, sagte Lutz. »Weißt du, dass unter den kilometerdicken Eisschichten ungeahnte Bodenschätze schlummern? Ich wette, dass es am Südpol noch viele geheimnisvolle Rätsel zu knacken gibt.«

»Jetzt fahren wir erst mal zu *unserem* Südpol.« Philipp schob sich die Mütze aus der Stirn. »Bis Billerheim sind's nur drei Stationen. Und dann suchen wir uns einen erstklassigen Zeltplatz. Ich vermute mal, dass Jakob uns am Bahnhof abholt. Er weiß jedenfalls, wann wir ankommen.«

»Wie ist der Jakob denn so?«

»Der ist ganz okay«, erklärte Philipp. »Bisschen älter als wir, halbes Jahr oder so. Er spielt übrigens im Billerheimer Fußballklub. Er ist dort Torwart. Außerdem züchtet er Warmwasserfische. Es ist schon ein gutes Jahr her, dass ich ihn zuletzt gesehen habe.«

»Vielleicht erleben wir ja was Abenteuerliches. Jedenfalls braten wir uns heut Abend erst mal ein Dutzend Bratwürste am Lagerfeuer. Für jeden von uns ein Dutzend, versteht sich.«

»Kriegen wir denn bei dem Wetter ein Feuer an? Es ist verdammt windig.«

Da konnte Lutz nur müde lächeln. »Für einen alten Pfadfinder ist das ein Klacks. Ich kann bei jedem Wetter Feuer machen, sogar bei 'nem Tornado. Ich weiß auch, wie man sich immer trockenes Brennholz beschaffen kann.«

Der Zug hielt. Zwei Frauen mit dicken Einkaufstaschen, der Lulatsch und sein Kumpel stiegen aus. Jetzt waren es nur noch zwei Stationen. Philipp spürte ein Kribbeln im Bauch. Er freute sich sehr auf die kommenden Tage.

Als dann der Zug im kleinen Bahnhof von Billerheim ausrollte, machte Philipp vor Überraschung große Augen. »Mensch, Lutz, siehst du auch, was ich sehe?«

Was für eine Überraschung wartet auf die beiden?

Lies morgen weiter!

2. Dezember

Vorfreude aufs Lagerfeuer

Da stand ein altmodischer Kutschwagen, vierrädrig und bunt angemalt, ein graues Pony war davorgespannt, und auf dem Bock hockte Jakob.

»Ich werd verrückt!«, jubelte Philipp, als er aus dem Zug hüpfte und die Rucksäcke auffing, die Lutz ihm zuwarf. »Jakob, dass du uns mit solch einer Limousine abholst! Das ist echt super.«

Philipp zeigte auf Jakob. »Also, Lutz, da oben auf dem Kutschbock ist Jakob. So 'ne Art Cousin von mir.« Dann wendete er sich Lutz zu. »Und das ist mein Klassenkamerad Lutz, von Beruf Pfadfinder und auch sonst ganz okay.«

»Hi, ihr zwei!«, grüßte Jakob. »Prima, dass ihr gekommen seid. Dann hievt mal eure Sachen auf die Ladefläche!«

»Kann ein kleines Pony wie er denn so eine schwere Last ziehen?«, fragte Lutz zweifelnd.

»He, beleidige Hannibal nicht!«, protestierte Jakob. »Der könnte sogar einen Panzer abschleppen. Islandponys sind unheimlich stark.«

»Ich wusste gar nicht, dass du neuerdings ein Pony hast«, sagte Philipp. »Da kann man ja glatt neidisch werden.«

»Hat Paps im Sommer gekauft. Zwei Isländer. Meiner heißt Hannibal, meine Schwester Annette hat ihr Pony Schneewittchen getauft, weil es so rabenschwarzes Fell hat. Ich finde den Namen allerdings saudoof. Typisch Mädchen!«

Lutz rieb sich mit den Handschuhen die kalten Backen. »Wo du gerade was von Schnee sagst . . . Schade, dass es nicht schneit. Im Schnee zelten, das ist megacool, das könnt ihr mir glauben.«

Jakob blähte die Nasenflügel. »Es *wird* bald schneien, das könnt ihr *mir* glauben. Ich kann das riechen. – So, jetzt steigt endlich auf.«

Schnell kletterten Lutz und Philipp auf den Kutschwagen. Kaum hatte Jakob mit der Zunge geschnalzt, da setzte sich Hannibal in Bewegung. Lutz schaute auf das Dorf Billerheim hinunter. Hausdächer, ein Kirchturm mit Wetterhahn, ein Antennenmast, ein paar Schornsteine ... Schließlich ging es, als das Fuhrwerk die Gleise überquert hatte, bergauf dem Wald zu. Äcker und Wiesen dehnten sich zu beiden Seiten. Lutz erkannte im trüben Licht einzelne Gehöfte. Hier auf der freien Fläche blies der Wind mit besonderer Wucht. Hannibal schien das nichts auszumachen.

»Das mit dem Zelten ist eine klasse Idee«, sagte Jakob. »Ich bin natürlich dabei. Ihr habt doch noch Platz für mich in eurem Wigwam?«

»Klar, haben wir!«, rief Philipp. »Heute Abend braten wir jede Menge Würste. Ich bin bloß mal neugierig, ob unser Pfadfinder es schafft, bei dem feuchten Wetter ein Feuer anzumachen.«

»Glaubst du, dass du Weichei mich beleidigen kannst?«, erwiderte Lutz lachend. »Wohin fahren wir eigentlich?«

»Erst mal zu uns nach Hause«, sagte Jakob, »und dann zeig ich euch den Zeltplatz, den hab ich nämlich schon ausgesucht. Direkt am Waldrand ist eine kleine Halbinsel am Bach. Wird euch gefallen.«

Sie erreichten eine Ansammlung von Höfen, die in Rufweite auseinanderlagen: die kleine Gemeinde Uhlendiek. Jakob erzählte, dass die Haferkamps nur einen Nebenerwerbsbetrieb hatten mit ein wenig Schweinemast, ein paar Kühen, Geflügel, einem Kornfeld und Weideland. Hauptberuflich war sein Vater Mechaniker in einer Landmaschinenwerkstatt in Billerheim.

Jakobs Mutter kam schon aus dem Haus geeilt, als das kleine Fuhrwerk in die Hofeinfahrt bog. Philipp und Lutz sprangen ab und hoben die Rucksäcke von der Ladefläche. Jakob fuhr mit der Kutsche weiter zum Stall, der sich an das schöne Fachwerkhaus anschloss.

»Hallo, da seid ihr ja!« Sie schlang die Arme um Philipp und drückte ihn kräftig. »Herzlich willkommen!« Dann schüttelte sie Lutz die Hand. »Du bist also Philipps Freund Lutz. Schön, dass du mitgekommen bist.«

»Guten Tag, Frau Haferkamp!« Lutz vollführte so eine Art Verbeugung, weil er ein bisschen verlegen war. Die zierliche Frau in Jeans mit dem langen dunklen Indianerhaar gefiel ihm auf Anhieb. »Ein tolles Haus haben Sie!«

»Nicht so feierlich!« Jakobs Mutter lachte. »Sag einfach Karin zu mir, okay? Hier draußen in Uhlendiek duzen wir uns alle. Ich freue mich, dass ihr uns besucht. Nun erst einmal rein mit euch!«

»Eigentlich kommen wir nicht zu Besuch«, gab Philipp zu bedenken, »wir kommen zum Zelten. Jakob hat schon einen Platz ausgesucht.«

»Ich weiß, ich weiß!« Wieder lachte Karin Haferkamp. »Dass ihr euch das traut bei dieser Kälte!« Sie schob die Jungen ins Haus. In der geräumigen Wohndiele brannte das Kaminfeuer und verströmte wohlige Wärme.

»Gegen etwas zu essen habt ihr aber nichts einzuwenden?«, fragte Jakobs Mutter. »Ihr habt doch gewiss Hunger vor eurem großen Abenteuer, oder?«

»Aber immer«, sagte Philipp und schlug sich auf den Bauch.

Lutz und Philipp hockten sich auf die Bank vor dem knisternden Kamin und wärmten sich die Hände. Eine Weile schwiegen sie. Jeder gab sich seinen Träumen hin, während sie auf die glühenden Scheite starrten: Ein gemütliches Feuer in unserem Blockhaus in Alaska, stellten sie sich vor. Draußen tobt der Schneesturm . . . Eine riesige Hirschkeule brutzelt auf dem Feuer . . .

Karin Haferkamp brachte zwar keine Hirschkeulen aus der Küche, aber herrlich duftenden Honigkuchen und dazu heiße Schokolade. Die Jungen schlugen zu, als wären sie kurz vor dem Verhungern. Karin Haferkampf schaute ihnen lächelnd zu.

Da kam Jakob herein. Er hatte das Pony versorgt. »Ihr macht mir vielleicht Spaß!«, schnauzte er. »Wie die Paschas sitzt ihr da, futtert euch die Wampen voll und träumt am Kaminfeuer. Leute, wir müssen los! Es wird bald dunkel. Wir müssen das Zelt aufbauen, 'ne Feuerstelle errichten und unser eigenes Lagerfeuer zum Brennen bringen. Hopp, auf geht's!«

Philipp schnappte sich schnell noch ein Stück Kuchen. »Hoffentlich schaffen wir das. Ich meine, das mit dem Lagerfeuer.«

»Und ob wir das schaffen!« Lutz schlürfte gelassen den Becher leer.

Sie wollten gerade los, als Annette ins Zimmer stürmte. Ihre Augen waren weit aufgerissen und sie glühte vor Aufregung.

Was ist nur mit Annette passiert?

Lies morgen weiter!

3. Dezember

Schreck am Abend

Annette riss sich die Lappländermütze vom Kopf. Jakobs jüngere Schwester hatte genauso glattes schwarzes Haar wie die Mutter.

»Willst du denn unsere Gäste gar nicht begrüßen?«, fragte sie ihre Mutter.

»Hallo!« Annette hob flüchtig die Hand. Dann schleuderte sie die Mütze auf den Fußboden. »Ich kann Gipsy nirgendwo finden!«

»Wer ist Gipsy?«, fragte Philipp.

»Meine Katze natürlich. Ich hab überall gesucht und gerufen. Auch im Stall. Sie ist einfach verschwunden.«

»Vielleicht belauert sie im Garten ein Mäuseloch«, sagte ihre Mutter, »Katzen sind nun mal eigenwillig. Mach dir keine Sorgen. Bestimmt taucht Gipsy auf, wenn Hermann gleich von der Arbeit kommt. Sie kennt doch das Autogeräusch.«

»Aber merkwürdig ist es schon«, beharrte Annette.

Jakob zuckte nur mit den Schultern und drängte dann zum Aufbruch. Schwer bepackt stampften die Jungen aus dem Haus. Jakob schleppte eine Strohmatratze, seinen Schlafsack, eine Sporttasche mit Essen und einen Wasserkanister. Außerdem hatte er sich eine Blechkanne und eine Stalllaterne mit Petroleum an einer Kordel um den Hals gebunden.

An romantische Trapperhütten mit loderndem Kaminfeuer dachten Lutz und Philipp nun nicht mehr. Die Kälte verschlug ihnen fast den Atem. Philipp fragte sich, ob es wirklich eine gute Idee gewesen war, bei so einem Wetter zum Zelten zu fahren. Dunst legte sich über das Land und kündigte die Dunkelheit an. Irgendwo klagten krächzend Krähen. Tapfer wanderten sie an Ackerrainen, schlammigen Wiesen und dornigen Hecken vorbei.

Jakob ging in schnellem Tempo voraus. »Ist nicht mehr

weit!«, rief er über die Schulter. Er zeigte zum großen Wald, der wie eine schwarze Mauer aus der Ebene ragte.

Nach kaum zehn Minuten erreichten sie das Bachufer. Das schmale Gewässer gluckerte gespenstisch. Direkt auf der anderen Seite begann der Wald. Dort stieg das Gelände an. Mit geschultem Pfadfinderblick erkannte Lutz, dass Jakob einen erstklassigen Zeltplatz ausgesucht hatte. In einer Biegung des Baches hatte sich eine sandige Landzunge gebildet, die wie eine kleine Halbinsel wirkte. Knorrige Kopfweidenbäume schützten ein wenig vor dem Wind. Der Boden war schön weich.

Die Jungen warfen ihre schweren Lasten ab und reckten sich erst einmal. Dann zerrten sie die Zelthaut aus dem Sack und legten das Gestänge zurecht. Lutz spielte den Fachmann und kommandierte herum.

»Der Zelteingang muss zur windabgekehrten Seite zeigen!«, rief er und fuchtelte mit den Händen. »Hier, in diese Richtung.«

»Blas dich mal nicht so auf«, maulte Philipp. »Das weiß doch jedes Kind. Hopp, alle anpacken!«

Sie brauchten keine Viertelstunde, bis das weiße Zelt fest und stramm gespannt stand. Jetzt war endlich Feuermachen angesagt.

»Mist!« Jakob klatschte sich mit der Faust in die Handfläche. »Wir hätten Zeitungspapier mitnehmen sollen. Oder habt ihr Papier in euren Rucksäcken?«

»Papier!« Lutz schniefte verächtlich. »Glaubst du, die Cowboys im Wilden Westen hatten Papier in der Hosentasche? Wir brauchen für unser Feuer die abgestorbenen Zweige von Nadelbäumen und jede Menge Fallholz. Auf in den Wald, Jungs!«

Jakob kannte eine Stelle, an der man über den Bach springen konnte. Lutz machte sich daran, mit seinem Allzweckmesser dünne Fichtenzweige abzusäbeln, während Philipp

und Jakob den Hang hinaufkletterten und so viel abgefallene Buchenäste zusammenrafften, wie sie schleppen konnten. Das Feuer sollte die ganze Nacht brennen.

Ein paar Schritte vom Zelteingang entfernt buddelten die Jungen eine flache Kuhle in den sandigen Boden und bauten einen Ring aus Steinen ringsherum. Dicke Kiesel gab es genug am Bachufer. Lutz begutachtete die Feuerstelle und fand sie ganz in Ordnung.

Jakob und Philipp brachen über den Knien die Äste zu handlichen Scheiten zurecht. Lutz spaltete mit seinem Messer die kleinen Fichtenzweige, damit sie dünn waren wie Zahnstocher. Seine Finger zitterten vor Kälte, doch darauf konnte er keine Rücksicht nehmen.

Jakob schaute zu, wie Lutz die feinen Holzspäne zu einer kleinen Pyramide schichtete und etwas dickere Hölzer drum herumlegte.

»Philipp, hol mal die Zündhölzer aus meinem Rucksack. Linke Seitentasche.«

Lutz war ein bisschen aufgeregt. Ob er den kleinen Holzstoß bei dem zugigen Wind tatsächlich zum Brennen bringen würde? Er schirmte mit seinem Körper die Windstöße ab und ließ das erste Zündholz aufflammen, doch es erlosch schon, bevor er es zwischen die Fichtenzweige schieben konnte.

»Das wird nix«, flüsterte Philipp besorgt.

Aber Lutz war hartnäckig und gab nicht auf. Ungefähr achtzehn Streichhölzer hatte er verbraucht, da flammte endlich das Feuer auf, zaghaft erst, dann immer kräftiger. Es knisterte und knackte. Lutz pustete in die Flamme und legte behutsam Holz nach.

»Echt cool!«, jubelte Jakob. »Du bist ja doch ein richtiger Pfadfinder.«

»Du sagst es«, gab Lutz trocken zurück. »Jetzt machen wir erst mal ein paar Würstchendosen auf.«

Aber daraus wurde zuerst einmal nichts, denn sie hörten

plötzlich seltsame Geräusche. Die Jungen erschraken. Eine Gestalt kam am Bachufer entlanggestolpert und näherte sich rasch dem Feuer. Es war ein junger Mann in Lederkluft und mit einem dicken Schal um den Hals. Ohne Zweifel war er vor irgendetwas auf der Flucht.

»I-i-ihr müsst mir helfen!«, stotterte der Fremde. »I-i-ich verstecke mich in eurem Zelt. Bitte, verpfeift mich nicht!«

Wer ist der geheimnisvolle Fremde?

Lies morgen weiter!

4. Dezember

3 Häuptlinge und 24 Würstchen

Der Fremde bückte sich und krabbelte blitzschnell ins Zelt. Er versteckte sich hinter den Rucksäcken und zog sich auch noch einen der Schlafsäcke über den Kopf.

»Mann, das haut den dicksten Eskimo vom Schlitten!«, stieß Lutz hervor. Er zitterte vor Schreck. »Träume ich das bloß oder ist das wirklich passiert?«

»Der kann doch nicht einfach in unser Zelt . . .« Weiter kam Philipp nicht.

Zwei grelle Lichter näherten sich schnell. Und zu den Lichtern gehörten zwei Gestalten, die sich nun aus der Dunkelheit lösten und in den Feuerkreis traten. Jakob, Lutz und Philipp waren aufgesprungen. Jetzt erkannten sie, dass die beiden Gestalten Polizisten in dicken Lederjacken waren.

»Was treibt ihr denn hier?«, fragte einer der Beamten und ließ den Strahl seiner starken Taschenlampe über das Zelt und über die Gesichter der drei Jungen wandern. Er war völlig außer Atem.

»Wir zelten hier«, antwortete Jakob. »Was denn sonst?«

Philipp hatte seine Nerven wieder unter Kontrolle. »Das machen wir in den Weihnachtsferien nämlich immer, weil man dann nicht so schwitzt.«

Der jüngere der beiden Polizisten war näher gekommen. Mit seiner Lampe leuchtete er Jakob ins Gesicht. »Dich kenne ich doch! Bist du nicht der Sohn von Hermann Haferkamp?«

»Genau der.« Jakob grinste, um seine Verwirrung zu überspielen. »Und das sind meine Freunde Philipp und Lutz. Sie kenne ich doch auch: Sie sind doch der Dorfbulle . . . Äh, der Wachtmeister Schniederjahn aus Billerheim.«

»Vorsicht, Freundchen!« Der Wachtmeister drohte mit der Stablampe. Dann zeigte er auf seinen Kollegen. »Das ist

Hauptwachtmeister Bendix. – Ist hier gerade jemand über die Wiese gelaufen? Habt ihr einen fremden Mann gesehen?«

Philipp schüttelte heftig den Kopf. »Nö, hier war niemand. Wir haben nix gesehen und nix gehört. Oder?« Er schaute seine Freunde an.

Lutz und Jakob bestätigten Philipps Aussage, doch den drei Jungen war nicht ganz wohl bei ihrer Lüge. Lutz warf ein paar Fichtenreiser ins Feuer. Die Flammen prasselten auf.

»Worum geht's denn überhaupt?«, fragte Jakob.

»Wir wollten eine verdächtige Person überprüfen«, erklärte Hauptwachtmeister Bendix, »aber der Kerl ist uns entwischt. Seid ihr ganz sicher, dass ihr in den letzten Minuten niemanden gesehen habt?«

Die drei Jungen nickten.

»Verflucht, dann ist der Bursche irgendwo durch den Bach gelaufen und im Wald verschwunden«, knurrte der Hauptwachtmeister. »Komm, Kollege, gehen wir zum Wagen zurück! Im Dunkeln hat's keinen Zweck.«

»Hat jemand von euch ein Handy dabei?«, wollte der Polizist Schniederjahn wissen.

»Klar«, sagte Philipp. Und in diesem Augenblick fiel ihm siedend heiß ein, dass er noch nicht zu Hause angerufen hatte. Er hatte doch den Eltern versprochen, sich sofort zu melden, wenn er am Zeltplatz angekommen war.

»Okay, die Eins-eins-null kennt ihr ja.« Der Hauptwachtmeister schob sich die Mütze aus der Stirn. »Solltet ihr irgendwelche fremde Personen bemerken, die möglicherweise Kisten oder Kartons durch die Gegend schleppen, dann informiert ihr sofort die Polizei. Kapiert?« Und im Weggehen brummte er noch: »Verrückt, bei dieser Kälte zu zelten.«

Als die beiden Beamten verschwunden waren, steckte der Fremde den Kopf aus dem Zelt. »Sind sie weg?«

»Ja«, sagte Lutz. »Sie können rauskommen.«

Jakob entzündete die Petroleumlampe und hängte sie in

den Zelteingang. Der Feuerschein und die Lampe gaben nun genug Licht, um sich den fremden Mann genauer anzuschauen. Zwanzig Jahre mochte er alt sein, vielleicht ein bisschen älter. Er strich sich das lange blonde Haare glatt.

»Ich heiße übrigens Frank. Ihr könnt natürlich du zu mir sagen. Und dass ihr mir so prima geholfen habt, also . . . Ich danke euch!«

»Was hast du denn ausgefressen?«, wollte Philipp wissen.

Frank winkte ab. »Och, ich hab Scheiß gebaut. An der Tankstelle. Ich hab mein Moped vollgetankt und da hab ich gemerkt, dass ich kein Geld bei mir hab. Na ja, da bin ich einfach losgedüst. Die Alte im Shop hat dann wohl sofort die Bullen angerufen und die waren auf einmal hinter mir her. Sogar mit Blaulicht. Ich hab das Moped in die Büsche geschmissen und bin quer durch die Gegend gerannt. Ohne eure Hilfe hätten die mich wahrscheinlich geschnappt. – Also, dann will ich mal wieder verduften. Hoffentlich haben die Polizisten mein Moped nicht gefunden.« Rasch entfernte sich der junge Mann in die Richtung, aus der er gekommen war.

»Komischer Knilch!«, sagte Jakob. »Ich kauf ihm die Geschichte jedenfalls nicht ab. Der hat uns angelogen, jede Wette. Da ist doch was oberfaul. Aus Billerheim stammt der Typ übrigens nicht, sonst würd ich ihn nämlich kennen.«

Philipp legte Holz nach. »Was hat der Polizist wohl mit den Kisten und den Kartons gemeint?«

»Egal, jetzt wird erst mal gegessen«, entschied Lutz. »Hinterher können wir uns immer noch die Köpfe zerbrechen. Hier, Jakob, nimm mein Messer. Da ist ein Dosenöffner dran.«

Während Philipp und Lutz mit ihren Eltern telefonierten und sie beruhigten, öffnete Jakob die drei Würstchendosen und säbelte dicke Scheiben vom Baguette. Von einer Kopfweide schnitt er ein paar Zweige ab, das sollten die Würstchenspieße sein.

»Wir haben vierundzwanzig Würste«, stellte Lutz fest. »Also kriegt jeder acht.«

»Toller Mathematiker!«, spottete Philipp.

Sie schoben sich Fichtenreisig unter den Hintern und hockten sich ans Feuer. Bald duftete es wunderbar, als sie mit den langen Spießen die ersten Würste über der Glut garten. Als Vorspeise mampften die Jungen die Weißbrotstücke. Schon nach wenigen Minuten war die erste Würstchenpartie braun gebrutzelt. Das große Festessen konnte beginnen!

Später, als er sein letztes Würstchen verdrückt hatte, hielt Philipp sich stöhnend den Bauch. »Uff, ich glaube, ich bin satt. Ich schlage vor, dass wir es jetzt wie die Indianerhäuptlinge machen, die zur Beratung am Lagerfeuer . . .« Plötzlich brach er ab.

Jemand mit einem Licht näherte sich!

Wer läuft mitten in der Nacht durch den Wald?

Lies morgen weiter!

5. Dezember

Tierdiebe schlagen zu

Lutz flüsterte heiser: »Ich glaub, da kommt schon wieder einer. Hier ist ja ein Verkehr wie auf der Autobahn.«

Jakob jedoch hatte den Mann sofort erkannt. »Mal bloß keine Angst. Das ist mein Vater.«

Hermann Haferkamp knipste seine Taschenlampe aus, als er in den Lichtkreis des Feuers kam. Er trug eine karierte Holzfällerjacke und hatte eine Pelzmütze auf dem Kopf. »Hallo, ihr mutigen Trapper! Wie war euer Abendessen?«

»Jede Menge Bratwürste.« Philipp klopfte sich auf den Bauch. »Wir sind fast am Platzen. Hallo, Hermann!« Er zeigte auf Lutz. »Da ist mein Kumpel Lutz. Er kann ohne Papier Feuer machen.«

»Respekt, Lutz! Schön, dich kennenzulernen!« Hermann Haferkamp beugte sich über das Feuer und gab Lutz die Hand. »Ich musste noch die Kühe melken und den Stall säubern, darum komme ich so spät. Aber ich will euch doch unbedingt noch kurz besuchen, bevor ihr morgen früh zu Eiszapfen gefroren seid. Ich habe gehört, die Polizei war auch schon bei euch. Felix Schniederjahn hat's mir gesagt. Sie sind ein bisschen nervös. Es geschehen merkwürdige Dinge in . . .«

»Was für Dinge?«, fragte Philipp voll Eifer.

»Allerlei Haustiere sind im Laufe des Tages ganz plötzlich verschwunden. Hunde hauptsächlich. Bei der Polizei nimmt man an, dass eine Bande dahintersteckt. Sie klauen offenbar systematisch in den Außenbereichen von Billerheim.«

Lutz spuckte ins Feuer. »Das gibt es doch nicht! Wahrscheinlich verhökern sie die Tiere an irgendwelche Labore, in denen Pillen und Schönheitscremes und solches Zeug getestet werden. Ich hasse Tierversuche.«

»Jetzt begreife ich auch, was der Hauptwachtmeister Bendix mit den Kisten und Kartons gemeint hat«, sagte Philipp. Er spürte auf einmal ein seltsames Rumoren in seinem Bauch. Das lag nicht an den Bratwürsten, sondern hatte mit seinem schlechten Gewissen zu tun. Sie hatten sich von diesem komischen Frank ganz schön reinlegen lassen. Doch das durfte Jakobs Vater selbstverständlich nicht erfahren, dass sich der fremde Kerl in ihrem Zelt versteckt hatte.

»Vielleicht klärt sich die Sache mit den verschwundenen Tieren ja bald auf«, sagte Hermann Haferkamp. »Man muss nicht immer gleich mit dem Schlimmsten rechnen.«

»Ich rechne immer mit dem Schlimmsten«, brummte Jakob. »Ist denn Gipsy inzwischen wieder aufgetaucht?«

Sein Vater zuckte mit den Schultern. »Katzen sind nun mal unberechenbar. Vielleicht liegt Gipsy längst in Annettes Bett. Und wo ich gerade von Bett spreche . . . Für mich wird's Zeit, ich muss morgen sehr früh raus. Kommt gut durch die Nacht, Jungs, und passt auf euch auf!«

Lutz zog sein Allzweckmesser und ließ die große Klinge aufschnappen. »Mit uns soll sich mal bloß keiner anlegen.«

Hermann Haferkamp lachte kurz auf, dann winkte er zum Abschied und verschwand in der Dunkelheit.

»Dann können wir drei Häuptlinge ja endlich mit der Beratung anfangen«, erklärte Philipp. »Ich bin übrigens der berühmte Indianerhäuptling Duftende Socke.«

Jakob kicherte. »Ich bin der Häuptling Triefende Nase.«

»Und ich bin der allerberühmteste aller Häuptlinge und heiße Kalte Kotze!«, krähte Lutz.

In albernem Gequassel löste sich die Anspannung der vergangenen Stunde. Das Feuer versprühte Funken, die Bäume stöhnten im Wind, der Bach plätscherte vor sich hin. Jakob füllte Wasser aus dem Kanister in die Blechkanne und stellte sie vorsichtig auf die Feuerstelle.

»Eins ist mal klar«, begann Philipp, »irgendwie haben wir uns strafbar gemacht. Wir haben bei den Bullen bewusst eine

falsche Aussage gemacht. Dafür kann man glatt in den Knast kommen.«

»Quatsch!« Lutz tippte sich an die Stirn. »So'n bisschen Schwindel ist doch nicht strafbar. Außerdem erfährt ja auch niemand, dass sich Frank in unserem Zelt verkrochen hatte. Wir müssen nur dichthalten. Sollten wir den Flüchtling etwa verraten? Wir konnten doch nicht wissen, dass der ...«

Jakob unterbrach ihn. »Vielleicht hat Frank auch gar nicht gelogen. Die Story von dem Moped und vom Spritklauen könnte genauso gut stimmen. Aber wenn nicht, dann ...«

» ... dann haben wir eindeutig Scheiß gebaut«, warf Philipp ein. »Sehe ich das richtig? Wenn Frank nicht die Wahrheit gesagt hat, haben wir vielleicht einen Tierdieb gedeckt. Und um das gutzumachen, haben wir nur eine Chance.«

»Ach nee!« Jakob stocherte in der Glut herum. »Und die wäre?«

»Wir müssen uns in den Fall einschalten.« Philipp ballte die Fäuste. »Recherchieren. Capito? Wir verfolgen die Spur der Tierdiebe!«

Lutz nickte bedächtig. »Hört sich nicht schlecht an. Aber die Detektivarbeit beginnt erst morgen. Jetzt trinken wir erst einmal Tee und dann wird gepennt.«

Sie hängten sich Teebeutel in ihre Becher. Jakob schenkte aus der Kanne heißes Wasser ein. An Zucker hatte natürlich keiner von ihnen gedacht. Aber das machte nichts. Die Naturforscher am Südpol tranken ihren Tee vermutlich auch ohne Zucker.

Eine Weile hockten die drei Jungen noch Pfefferminztee schlürfend am Feuer, dann spürten sie, dass die Müdigkeit sie überkam. Es war ein langer Tag gewesen. Lutz legte noch einen dicken Ast in die Glut. Vielleicht würde das Feuer am Morgen noch kokeln.

Nun mussten sie erst einmal sehr tapfer sein. Sie krabbelten ins Zelt und stellten fest, dass es darin lausig kalt war.

Trotzdem mussten sie ihre warmen Sachen ausziehen und bibbernd in die Trainingsanzüge steigen. Rasch krochen sie in die dicken Schlafsäcke. Jakob löschte die Petroleumlampe und zog den Zelteingang zu.

»Falls Frank gelogen hat, haben wir immerhin einen Verdächtigen«, murmelte Philipp beim Einschlafen. »Dann sind wir der Polizei einen Schritt voraus.«

Hat Frank die Jungen angelogen?

Lies morgen weiter!

6. Dezember

Annette hat Sorgen

Lutz wachte als Erster auf. Noch ein bisschen schlaftrunken wühlte er sich aus dem warmen Schlafsack, schlüpfte in die Schuhe und zog den Reißverschluss vom Zelteingang auf. Das Geräusch weckte Philipp und Jakob.

Der Wind hatte nachgelassen. Die Luft war kalt und klar. Aber noch sah es nicht danach aus, als ob es bald schneien würde. Jakob versuchte das Feuer anzupusten, doch es stob nur Asche auf. Zitternd staksten die drei Jungen zum Bach, putzten sich flüchtig die Zähne und spritzten sich ein wenig eiskaltes Wasser ins Gesicht.

»Schnell die warmen Klamotten anziehen«, rief Philipp, »sonst erfrieren wir!«

»Pah, ich erfriere nicht so leicht«, behauptete Jakob, »ich bin abgehärtet. Ich könnte mich nackig in den Bach legen.«

»Dann tu's doch!«, kreischten Lutz und Philipp wie aus einem Mund.

Aber Jakob brauchte zum Glück den Beweis nicht anzutreten, denn plötzlich hörten die Jungen Ponygetrappel. Annette kam auf Schneewittchen angeritten. Der Atem des Ponys wölkte wie Dampf aus den Nüstern der kräftigen Isländerstute.

»Hi, ihr Eskimos!« Annette sprang ab. »Schön, dass ihr noch lebt. Habt ihr nur gefroren oder habt ihr auch ein paar Takte geschlafen?«

Philipp strich dem Pony über das struppige Fell. »Wir haben geschlafen wie die Weltmeister«, erklärte er. »Es war mollig warm.«

»Echt?« Annette staunte.

»Mir war's fast sogar zu heiß«, meinte Lutz. »Jetzt machen wir das Feuer wieder an und kochen Tee. Du bist selbstverständlich zum Frühstück eingeladen, Annette.«

»Umgekehrt. Ich lade euch ein. Paps hat gesagt, ihr hättet gestern Abend unheimlich viele Würstchen verschlungen. Darum gibt's jetzt was Gesundes. Müsli und Milchkaffee.«

Während die Jungen sich im Zelt ihre warmen Sachen anzogen, hob Annette ihre Sporttasche vom Sattelknauf und verteilte Glasschälchen und Löffel neben der Feuerstelle. Dann spülte sie am Bach die Becher der Jungen aus und goss heißen Milchkaffee aus der Thermoskanne ein. Das Müsli in der Plastikdose war noch schön warm.

Heißhungrig fielen sie alle über das Frühstück her. Schneewittchen knabberte am Stamm einer Erle herum.

»Gipsy ist immer noch nicht nach Hause gekommen«, sagte Annette. »Ich mache mir solche Sorgen. Vielleicht sitzt sie irgendwo auf einem hohen Baum und kann alleine nicht mehr runter. Ob sie so eine kalte Nacht überlebt hat?« Annette war dem Weinen nahe. »Wir müssen noch einmal nach ihr suchen. Helft ihr mit?«

»Na klar!« Philipp breitete die Arme aus. »Aber Katzen sind unheimlich zäh, die erfrieren nicht so leicht.« Dann guckte er in seinen Becher und murmelte: »Hoffentlich ist sie nicht geklaut worden. Es wird ja so einiges von einer Diebesbande gemunkelt.«

Lutz reckte den Kopf und schaute nach Uhlendiek hinüber. »Da fährt so'n kleines gelbes Auto mit so einem komischen Kastenaufbau rum. Ich kann's nicht richtig erkennen. Was ist das?«

»Walle«, erklärte Jakob, »das ist unser Postbote mit seinem umgebauten VW. Walle fährt Briefe und Pakete und den ganzen Postkram in die Gemeinden. Zeitungen auch. Und er nimmt Briefe und Päckchen mit ins Postamt der Kreisstadt. Er ist so eine Art rollender Briefkasten.«

Annette wurde ungeduldig. »Nun quasselt doch nicht so viel über den Walle und sein Postauto! Futtert eure Teller leer und dann geht's los. Wir dürfen keine Zeit verlieren.«

»Wir kommen ja gleich«, sagte Jakob, »du kannst schon mal nach Hause reiten. Aber Lutz, Philipp und ich müssen noch mal eben was in Billerheim erledigen. Geht auch ganz schnell.«

»Was habt ihr denn so Wichtiges zu erledigen?«, fragte Annette empört. »Ist das vielleicht wichtiger als meine Katze?«

»Es geht um Recherchen.« Philipp spielte jetzt den wortkargen Detektiv. »Es sollte mich nicht wundern, wenn unsere Recherchen was mit dem Verschwinden deiner Katze zu tun hätten.«

»Wir beeilen uns, Annette, ehrlich!«, versprach Lutz schnell.

Annette sammelte das Frühstücksgeschirr ein und verstaute es in der Tasche. Dann schwang sie sich in den Sattel und trieb Schneewittchen zur Eile an.

»Können wir das Zelt einfach so allein lassen, während wir zur Tankstelle laufen?« Philipp hatte Bedenken. »Wenn's hier Tierdiebe gibt, dann könnten die Gangster doch auch glatt unser Zelt ausrauben.«

Lutz grinste. »Mach dir mal nicht ins Hemd! Mit unseren Konservendosen und deiner Ersatzunterhose kann man keine Tierversuche machen. Auf geht's!«

Sie verschlossen den Zelteingang und rannten im Laufschritt am Bach entlang in Richtung Billerheim. Allmählich wurde ihnen richtig warm. Die Tankstelle lag am südlichen Ende des Ortes. An den zwei Zapfsäulen herrschte gähnende Leere. Die junge Frau im blauen Overall, die hinter der Kasse stand, schälte sich gerade eine Apfelsine.

»Hallo, Gabi!«, grüßte Jakob die Tankwartin, als er mit Philipp und Lutz in den Tankstellenshop trampelte. »Wir haben eine ganz wichtige Frage. Hat gestern am späten Nachmittag ein Mopedfahrer bei dir getankt und ist dann verduftet, ohne zu bezahlen?«

Nein, erklärte die junge Frau, einen Spritdieb habe es gestern ausnahmsweise nicht gegeben, schon gar keinen mit einem Moped, und die Polizei habe sie auch nicht angerufen. Dann beschäftigte sie sich weiter mit ihrer Apfelsine. Es war ihr offenbar gleichgültig, warum die Jungen sie danach fragten.

»Hab ich mir doch gedacht«, sagte Philipp, als sie wieder auf der Straße standen. »Dieser Frank hat uns belogen. Und ich wette, der heißt auch gar nicht Frank.«

Sie machten sich auf den Weg. Jeder hing seinen Gedanken nach und die waren beileibe nicht die angenehmsten. Ihre Laune wurde schlagartig noch finsterer, als sie in Uhlendiek ankamen. Annette wartete mit einer bösen Überraschung auf die drei Jungen.

»Xerxes ist auch verschwunden!«, rief sie.

Aber wer ist Xerxes?

Lies morgen weiter!

7. Dezember

Ein Erpresserbrief mit Lametta

Philipp fragte verwirrt: »Xerxes? Wer ist denn Xerxes?«

»Das ist Käpten Peters Pudel. Und der ist nun auch noch weg.«

Lutz blies Luft aus den Backen. »Das ist aber ein verrückter Name für so'n Pudelhündchen. Xerxes war ein verdammt kriegerischer Perserkönig. Ich hab mal ein Buch über die Perserkriege gelesen. Xerxes wollte Griechenland erobern, aber das hat er nicht geschafft. So ein Schoßhündchen kann man doch nicht Xerxes nennen!«

»Schoßhündchen?« Annette boxte Lutz vor die Brust. »Da irrst du dich aber gewaltig. Xerxes ist nicht so ein Schmusepudel mit Schleifchen im Haar, das ist ein ganz Wilder. Ein richtiger Kampfpudel sozusagen.«

»Stimmt«, bestätigte Jakob. »Der bewacht das Haus und den Garten vom ollen Käpten Peter und lässt keinen Fremden rein. Ich möchte nicht wissen, wie vielen Leuten der schon in die Beine gebissen hat.«

»Und er ist noch nie weggelaufen!«, rief Annette und wischte sich mit dem Handschuh Tränen aus dem Gesicht. »Erst ist Gipsy verschwunden und jetzt Xerxes. Nie im Leben ist das Zufall. Da steckt jemand dahinter.«

»Könnte gut sein«, sagte Lutz. »Einige Haustiere aus dieser Gegend sollen ja wie vom Erdboden verschluckt sein. Bei der Polizei meinen sie, dass vermutlich eine organisierte Bande ein böses Spiel treibt.« Dass die Hunde und Katzen vielleicht für Tierversuche missbraucht werden könnten, erwähnte Lutz nicht. Er wollte Annette nicht noch mehr Angst einjagen.

»Wir könnten Käpten Peter doch mal einen Besuch abstatten – sozusagen um den Tatort zu besichtigen«, schlug Philipp vor. »Ist der Mann eigentlich wirklich ein richtiger Kapitän?«

»Nee«, sagte Jakob, »der hat in seinem ganzen Leben garantiert noch nie ein Schiff aus der Nähe gesehen. Aber er hat immer so ’ne Kapitänsmütze auf dem Kopf. Früher hat er in der Molkerei gearbeitet, seit einigen Jahren ist er Rentner und kümmert sich nur noch um seinen Garten und um den Pudel.«

Annette unterbrach ihn mit einer Handbewegung. Sie wollte jetzt keine Geschichten über Käpten Peter hören und sie war auch entschieden dagegen, dass die Jungen dem alten Mann einen Besuch abstatteten. Zuerst war die Suche nach Gipsy angesagt.

Gemeinsam spähten sie zu allen Baumwipfeln im Obstgarten hinauf. Sie suchten in den Gräben zwischen den Kuhweiden, sie schlüpften durch Hecken und Gebüsche und liefen auch zu den Nachbarhöfen – aber weit und breit gab es keine Spur von Gipsy. Karin Haferkamp näherte sich dem kleinen Suchtrupp. Sie hatte noch einmal im Stall und in der Scheune nach der Katze gesucht. Resigniert breitete sie die Arme aus.

»Sie ist gestohlen worden«, sagte Annette und weinte bitter, »genau wie die anderen Tiere. In der Zeitung steht ja auch . . .« Sie redete nicht weiter.

Karin Haferkamp nahm ihre Tochter in den Arm und ging mit ihr zum Haus. Langsam folgten die drei Jungen. Sie wollten wissen, was über die verschwundenen Haustiere in der Zeitung stand.

Der *Kreis-Kurier* lag in der Diele auf dem Tisch. Jakob zeigte auf die Überschrift:

SCHON 17 HAUSTIERE VERSCHWUNDEN
Polizei hat noch keine heiße Spur / Augenzeugen gesucht

»Vielleicht sind *wir* Augenzeugen«, flüsterte Lutz. »Jedenfalls haben wir einen verdächtigen Mann gesehen. Aber wir gehen nicht zur Polizei, sondern recherchieren selber.«

»Genau.« Jakob fasste seine Freunde bei den Armen. »Fangen wir mal bei Käpten Peter an, okay?«

Käpten Peters Häuschen lag ein wenig abseits von den Bauernhöfen am Ende einer Pappelallee. Ein Lattenzaun umgab das kleine Anwesen. Am Gatter hing ein gelber Briefkasten. Hohe Buchsbaumhecken durchzogen wie ein Labyrinth den Garten.

Lutz staunte nicht schlecht. »Toller Schuppen!«, sagte er.

Jakob kannte sich natürlich aus. Er öffnete das Tor und lief, gefolgt von Philipp und Lutz, über den Kiesweg auf das Häuschen zu. Es gab keine Klingel. Und Jakob brauchte auch gar nicht erst zu klopfen, denn die Haustür öffnete sich von selbst.

Käpten Peter erschien im Türrahmen. Mit der Kapitänsmütze, dem weißen Rauschebart und der Stummelpfeife zwischen den Zähnen sah er tatsächlich wie ein alter Seebär aus. »Kommt rein!«, brummte er.

Abgewetzte Ledersessel standen wie willkürlich verteilt im düsteren Wohnraum herum. Auf dem niedrigen Holztisch standen eine Vase mit verwelkten Astern, eine Schnapsflasche, eine Tabakdose aus Porzellan und ein kleines Stativ mit einem gerahmten Foto, das eine lächelnde Frau zeigte.

Plötzlich zuckten Philipp und Lutz erschrocken zusammen, denn aus der Zimmerecke zeterte eine schrille laute Stimme: »Leck mich am Arsch! Leck mich am Arsch! Hände hoch!« Da turnte ein weißer Kakadu am Kleiderständer und starrte die Besucher an.

»Das ist Habakuk«, erklärte Jakob.

Käpten Peter ließ sich stöhnend in einen Sessel fallen. »Ihr wisst also schon, dass mein Xerxes weg ist. Ich begreife das nicht. Er lässt sich von keinem Fremden anfassen, aber diese Ganoven haben ihn entführt.«

»Es wurden schon mehrere Tiere entführt«, sagte Philipp. »Aber wir haben keinen blassen Schimmer, warum die Tierdiebe zugeschlagen haben. Was wollen sie bloß mit den ganzen Haustieren?«

»Das kann ich euch sagen. Es geht um Erpressung«, knurrte Käpten Peter und zeigte auf ein Blatt Papier, das auf der Zeitung lag. »Das war heute Morgen in meinem Briefkasten. »Wenn ich diese feigen Gangster in die Finger kriege, dann . . .« Er schüttelte die Fäuste.

Sofort stürzten sich die Jungen auf den Brief, der mit dem Computer geschrieben war:

»Wenn Sie das Weihnachtsfest nicht ohne Ihren kleinen Liebling feiern wollen, dann halten Sie 1000 Euro in kleinen Scheinen bereit. Wir geben Ihnen Bescheid, wohin Sie den Umschlag mit dem Geld bringen sollen. Bei Geldübergabe bekommen Sie den Hund zurück. Falls Sie die Polizei informieren, ist Ihr Hund tot.«

»Lametta!«, fauchte Philipp zornig. »Schaut nur, die Schweine haben Lamettastreifen um den Text geklebt! Die machen sich auch noch lustig. Das ist doch wohl der Gipfel der Gemeinheit!«

Kommen die Jungen den Absendern auf die Spur?

Lies morgen weiter!

8. Dezember

Harte Nüsse für Detektive

Also ging es nicht um Tierversuche. Das war gut. Gelderpressung war das Motiv. Das war schlecht. Philipp, Lutz und Jakob schwirrten tausend Fragen im Kopf. Wie hatten die Schurken es geschafft, die Haustiere unbemerkt zu entführen? Wo hielten sie die Hunde und Katzen so gut versteckt, dass es niemandem auffiel? Die gefangenen Tiere machten doch bestimmt mächtig Lärm! Oder waren die Tiere vielleicht längst getötet worden und die feigen Räuber spielten ein grausames Spiel und versuchten die Besitzer der entführten Tiere trotzdem abzuzocken?

Jakob sagte: »Es dürfte klar sein, dass es sich nicht um einen Einzeltäter handelt. In dem Erpresserbrief ist von *wir* die Rede.«

Er hob das Kuvert in die Höhe, in dem der Brief gesteckt hatte. »Fällt euch was auf?«

»Hab ich sofort gesehen, dass auf dem Umschlag gar keine Anschrift steht.« Philipp grinste überlegen. »Und 'ne Briefmarke klebt auch nicht drauf.«

Lutz stellte sachlich fest: »Also ist der Brief überhaupt nicht mit der Post gekommen. Den hat jemand heimlich in den Briefkasten geschmissen.«

Käpten Peter klopfte die Pfeife aus. »Begreife ich nicht! Ich sitze dauernd am Fenster. Das hätte ich doch gesehen, wenn sich irgendein Fremder meinem Grundstück genähert hätte. Und dass Xerxes sich hat schnappen lassen! Das gibt's doch gar nicht.« Verständnislos schüttelte der alte Mann den Kopf. Dann brummte er: »Eigentlich hätte ich euch den Brief nicht zeigen dürfen. Da steht ja extra drin, dass ich die Polizei nicht informieren soll.«

Das fand Philipp komisch. »Wir sind aber nicht die Polizei. Wir sind sozusagen Privatermittler.«

»Würdest du denn die 1000 Piepen für den Xerxes berappen, Käpten Peter?«, wollte Jakob wissen.

»Unmöglich!« Käpten Peter sprang aus dem Sessel auf. »Wie soll ich so viel Geld auftreiben bei meiner mickrigen Rente? Aber ich will meinen Pudel wiederhaben! Was soll ich jetzt nur machen?« Sein Gesicht war hinter dem Rauschebart nicht zu erkennen, doch gewiss war es traurig.

»Wir kommen diesen feigen Erpressern sicher bald auf die Schliche«, sagte Lutz leise. »Wir sind ziemlich clever.«

»Dein Wort in Gottes Ohr, Junge!«, stöhnte Käpten Peter.

Gemeinsam verließen die drei das Haus. Am Gartentor wartete bereits Annette. Sie hielt einen Brief in der Hand – ohne Adresse und ohne Briefmarke. Annette riss das Blatt Papier heraus und hielt es den Jungen hin. »Der steckte unter unserer Fußmatte. Ich hab ihn gerade erst entdeckt.«

Lutz, Jakob und Philipp ahnten schon, was für einen Inhalt der Brief hatte. Wieder war der Text mit Lamettafäden umklebt. Jakob legte seiner Schwester tröstend die Hand auf den Arm.

»Gipsy ist doch so scheu«, sagte Annette und schaute die Jungen der Reihe nach hilflos an, »die lässt sich nicht von fremden Leuten einfangen. Ich kann das alles nicht verstehen. Das ist so unheimlich gemein!« Wütend trat sie gegen den Gartenzaun.

»Was sagt unser Vater denn dazu?«, fragte Jakob.

Annette stopfte den Erpresserbrief wieder in den Umschlag. »Er weiß es noch nicht. Ich wollte ihn in der Firma anrufen, aber Mama meint, er würde sich dann zu sehr aufregen. Das muss man sich mal vorstellen: 1000 Euro!«

»Von Käpten Peter wollen die Ganoven auch 1000 Euro haben«, knurrte Lutz, »und von all den anderen Leuten, denen sie die Haustiere geklaut haben, garantiert auch. Es wird höchste Zeit, dass wir in Aktion treten.«

»Erst mal müssen wir einen genauen Plan machen«, sagte

Philipp. »Wir müssen alle Fakten sammeln und uns dann eine Strategie ausdenken, wie und wo wir nach den verschwundenen Tieren suchen könnten. Einfach blind durch die Gegend laufen, das bringt nichts.«

Lutz nickte. »Aber mit leerem Bauch kann ich mir keine Strategie ausdenken. Ich schlage vor, wir brutzeln uns erst mal ein anständiges Mittagessen und beraten dann beim Essen.«

Den Vorschlag fanden Jakob und Philipp gut.

»Ich komme mit euch«, entschied Annette.

Also marschierten sie zum Zeltplatz am Bachufer. Nach kurzer Diskussion war man sich einig: Bei dieser Kälte waren Linsen mit Speck genau richtig.

Als das Feuer richtig brannte, setzte Jakob den Topf auf die Steinumrandung und ließ den Inhalt der Dosen hineinplumpsen.

»Wie lange dauert es wohl, bis der Eintopf warm genug ist?« Lutz klopfte sich auf den Magen. »Ich hab echt Kohldampf.«

»Halbes Stündchen, schätz ich mal.« Philipp holte die Blechteller. »Mist, wir haben nur drei Teller und drei Löffel.«

»Macht nichts«, sagte Jakob. »Annette kann meinen Teller haben. Ich nehm 'ne Gabel und esse einfach aus dem Topf. Sollen wir nicht schon mal mit der Beratung beginnen?«

Philipp wärmte sich die Hände an der Kochstelle. »Okay, zählen wir erst einmal die Fakten zusammen. Erstens: So rund 20 Haustiere sind gestohlen worden, vermutlich hauptsächlich Hunde und Katzen. Zweitens: Die Entführer der Tiere haben sich schriftlich gemeldet und fordern von den Besitzern je 1000 Euro. Drittens: Die Erpresser wollen sich wieder melden und einen Ort für die Übergabe nennen. Viertens: Die Polizei soll auf keinen Fall eingeschaltet werden. Fünftens: Es ist völlig unklar, auf welche Weise die Tiere entwendet wurden, zumal ja wohl welche dabei sind, die keinen Fremden an sich ranlassen und . . .«

Plötzlich unterbrach Annette Philipps Rede. »Ich hab's! Die Tiere kannten den Dieb. Es war gar kein Fremder. Darum haben sie auch nicht gebissen und gebellt und gekratzt.«

Hat Annette recht mit dieser Idee?

Lies morgen weiter!

9. Dezember

Hunde passen nicht in die Hosentasche

Das verschlug den drei Jungen erst einmal die Sprache. Warum waren sie nicht längst auf diese Idee gekommen? Klar, so war ja auch das Verschwinden von Käpten Peters Kampfpudel Xerxes zu begreifen.

»Zum Teufel!« Jakob kniff die Augen zusammen. »Wenn ich das so bedenke . . . Das gefällt mir gar nicht. Wisst ihr, was das bedeutet? Das bedeutet, dass vielleicht jemand aus einer der umliegenden Gemeinden der Drahtzieher ist. Ein Nachbar oder so. Aber ich kenne die Leute doch alle! Keiner von denen tut so was.«

Philipp erklärte sachlich: »Gefühle spielen hier keine Rolle. Wir halten uns an die Fakten. Man kann den Menschen ja nicht in die Köpfe gucken. Es könnte zum Beispiel sein, dass irgendein Zeitgenosse in Geldnot geraten ist und sich auf kriminelle Weise Zaster verschaffen will.«

»Aber es handelt sich doch offenbar um 'ne richtige Bande«, gab Lutz zu bedenken. »Und den seltsamen Frank dürfen wir nicht vergessen.«

»Wer ist denn Frank?«, wollte Annette wissen.

Erst musste Annette schwören, dass sie das Geheimnis niemandem verraten würde, auch nicht den Eltern. Dann berichteten die Jungen ihr von dem Erlebnis mit dem merkwürdigen Fremden, der sich in ihrem Zelt vor der Polizei versteckt hatte.

»Ich habe diesen komischen Typen vorher noch nie gesehen«, ergänzte Jakob. »Aus Billerheim und Umgebung stammt er bestimmt nicht – da verwette ich sogar meine Ohren.«

»Geh mal nicht so leichtfertig mit deinen Segelohren um!« Philipp grinste. »Vielleicht brauchst du sie ja noch. Aber mal im Ernst: Ob dieser Frank was mit den Tierdieben zu tun hat, wissen wir ja nicht. Fest steht nur, dass er vor den Polizisten geflohen ist, als die ihn überprüfen wollten.«

Das sah Lutz aber anders. »Die Bullen hatten ihn aber eindeutig in Verdacht. Hätten sie uns sonst etwas von den Kisten und Kartons erzählt und dass wir sie anrufen sollen, wenn wir was Außergewöhnliches bemerken? Die waren eindeutig auf der Suche nach den Tierräubern.«

Jakob spann den Faden weiter. »Dass dieser Frank sich ausgerechnet hier am Waldrand rumgetrieben hat, ist bestimmt kein Zufall. Ich tippe mal, dass er irgendwie mit der Lametta-Bande zu tun hat. Dann stellt sich die Frage, ob die Hunde und Katzen hier im Wald versteckt sind.«

»Die würden doch bellen und heulen und lärmen«, meinte Annette, »die kann man doch nicht einfach an Bäumen festbinden. Außerdem laufen ja auch manchmal Leute durch den Wald.«

»Gehen wir doch noch mal der Reihe nach vor, okay?«, schlug Lutz vor. »Nehmen wir an, jemand, den die Tiere kennen, entführt sie heimlich. Wie macht er das? So 'nen Hund kann man sich doch nicht einfach in die Hosentasche stecken. Es bleiben also drei entscheidende Fragen offen: Wer hat die Tiere entführt? Wie haben die Diebe das geschafft und wohin haben sie die Tiere gebracht?«

Annette starrte betrübt ins Feuer. »Hoffentlich leben die Tiere noch. Vielleicht haben die Banditen sie längst . . .« Sie redete nicht weiter und schniefte heftig.

»Da ist noch eine Frage offen«, sagte Jakob. »Wenn man eine Menge Haustiere irgendwo versteckt hat, dann braucht man auch eine Menge Futter. Wo und wie haben die Erpresser das Fressen für die Hunde und Katzen besorgt? Wenn wir das rauskriegen, kommen wir ihnen vielleicht auf die Spur.«

»Gibt's in Billerheim denn einen Laden für Tierfutter?«, wollte Lutz wissen.

»Einen richtigen Laden nicht«, erwiderte Jakob, »aber im

Supermarkt haben sie ein ganzes Regal voll. Da steht drüber: *Alles für Ihren kleinen Liebling.«*

Wie elektrisiert schnellte Philipp hoch. »Klingelt bei euch was? Wenn Sie das Weihnachtsfest nicht ohne Ihren kleinen Liebling und so weiter ... So fangen doch die Erpresserbriefe an! Genau die Wörter: kleiner Liebling. Die Entführer haben die Formulierung von der Aufschrift über dem Tierfutterregal übernommen. Das ist eine heiße Spur, sage ich euch. Beim Supermarkt fangen wir mit unseren Ermittlungen an. Bingo!«

Lutz und Jakob waren einverstanden. Und eine genaue Landkarte musste her. Annette wusste, dass ihr Vater einen Lageplan der Dörfer in der Schrankschublade hatte, auf dem alle Häuser und Gehöfte, Felder und Wiesen, Waldparzellen, Straßen, Wege und sogar Ackerpfade eingezeichnet waren. Annette würde diese Landkarte besorgen. Außerdem war es wichtig zu recherchieren, von welchen Höfen und aus welchen Häusern Tiere geraubt worden waren.

»So können wir nämlich ein Profil der Tatorte erstellen«, sagte Philipp. Zwar wusste er auch nicht genau, was er damit meinte, aber es hörte sich irgendwie nach Detektivsprache an.

Jakob wiegte den Kopf. »Na ja, bei der Polizei können wir wohl kaum anfragen, aber vielleicht erfahren wir's bei der Redaktion vom *Kreis-Kurier.«*

Sie beschlossen die nächsten taktischen Schritte: Lutz und Annette kümmern sich um die Landkarte und telefonieren mit den Zeitungsredakteuren, Jakob und Philipp stellen Erkundungen beim Supermarkt an.

»Männer, da kommt ein Haufen Arbeit auf uns zu!«, rief Philipp.

Annette fauchte: »Ich bin kein Mann, kapiert? Und ihr seid höchstens Hampelmänner.«

»Fangt keinen Streit an«, beruhigte Lutz. »Seht ihr? Es dampft schon richtig. Das Essen ist fertig.«

Sofort machten sie sich über ihr Linsengericht mit Speckstückchen her und löffelten schweigend. Es schmeckte wunderbar.

»Uff, ich bin pickepackevoll«, stöhnte Jakob wohlig. »Am liebsten würde ich jetzt im Zelt 'ne Runde pennen.«

»Vergiss es!« Lutz sprang von seinem Fichtenzweigesitz auf. »Es geht jetzt los.«

Ist die Spur zum Supermarkt wirklich heiß?

Lies morgen weiter!

10. Dezember

Ein Erfolg für die Spürnasen

In Billerheim war von der allgemeinen vorweihnachtlichen Hektik nicht besonders viel zu spüren. Zwar drang das übliche Weihnachtsliedergedudel aus den Geschäften und in den Schaufenstern flimmerten bunte Lämpchen zwischen weiß bestäubtem Tannengrün, doch die Einwohner zogen es vor, ihre Weihnachtseinkäufe hauptsächlich in der Kreisstadt abzuwickeln. Dort gab es auch einen großen Weihnachtsmarkt.

Jakob und Philipp steuerten den Supermarkt an. Jetzt, so kurz nach Mittag, herrschte auch hier nur mäßiger Betrieb. Die Leute schoben ihre Einkaufswagen gemächlich durch die Regalreihen, ein paar Kinder quengelten, nur eine der beiden Kassen war besetzt.

Philipp spürte den bohrenden Blick des Filialleiters in seinem Rücken. Offenbar ging der junge Mann mit dem stark gegelten Kraushaar davon aus, dass soeben zwei mutmaßliche Ladendiebe den Supermarkt betreten hatten. Das machte Philipp Spaß. Er benahm sich extra auffällig, strich dicht an den Auslagen mit Weihnachtsgebäck, Süßigkeiten aller Art und Pralinenpackungen vorbei und schaute dabei wie gelangweilt zur Decke hinauf, von der glitzernde Christbaumkugeln und lange Lamettastreifen baumelten.

»Lametta!«, zischte Jakob. »Jede Menge Lametta. Kommt mir irgendwie bekannt vor. – Komm, hier drüben gibt's das leckere Fresschen für die kleinen Lieblinge.«

Auch zum Regal mit der Tiernahrung folgte ihnen der Mann im gelben Kittel. »Sucht ihr was Bestimmtes?«, fragte er argwöhnisch.

Jakob reagierte geistesgegenwärtig. »Och, wir wollen bloß mal was nachschauen. Wir wollen wissen, ob jetzt zu Weihnachten besonders viel von den Leckereien für die kleinen

Lieblinge verkauft wird.« Er zeigte zu dem Schild über dem Regal hinauf. »Ich meine als Geschenk.«

Der Filialleiter legte den Kopf schief und schaute die Jungen von unten bis oben an. »Und warum wollt ihr das wissen?«

Da kam Philipp seinem Vetter zur Hilfe. »Es ist 'ne Ferienaufgabe für die Schule, müssen Sie wissen. Wir sollen nämlich herausfinden, ob auch Haustiere zu Weihnachten beschenkt werden. Bestimmt können Sie uns sagen, ob in den letzten Tagen zum Beispiel größere Mengen an Hunde- oder Katzenfutter verkauft wurden.«

Fast unwillig stopfte der Mann die Hände in die Kitteltaschen. »Komische Ferienaufgabe! Aber ich kann euch das so im Einzelnen nicht sagen, ich habe Wichtigeres zu tun. So etwas stellt man erst bei der Inventur fest. Ihr könnt euch ja mal an der Kasse erkundigen. Frau Schlüter hat da wohl eher den Überblick.«

An der Kasse erkundigen: Genau das hatten Jakob und Philipp vor. Der Filialleiter schaute ihnen nach. Anscheinend traute er den zwei Jungen noch immer nicht. Brav stellten sich Philipp und Jakob an der Kasse an. Es dauerte und dauerte. Dann waren sie endlich an der Reihe.

Frau Schlüter mit der großrandigen Brille hatte ein Eulengesicht. »Nanu, ihr habt ja gar nichts gekauft! Warum stellt ihr euch hier an? Ihr habt doch nicht heimlich . . .«

»Wo denken Sie hin!« Philipp tat empört. »Wir haben nur eine Frage und Ihr Kollege dort drüben meinte, Sie könnten sie uns am ehesten beantworten. Es handelt sich um eine Ferienaufgabe für die Schule, müssen Sie wissen.«

Jakob stellte dann die Frage. Ob in den letzten Tagen besonders viel Tierfutter verkauft worden sei oder ob irgendjemand eine außergewöhnlich große Menge eingekauft habe, wollte er wissen. »Werden auch Haustiere zu Weihnachten beschenkt? Darum geht es sozusagen.«

»Wir denken da besonders an Tierheime«, ergänzte Philipp und setzte ein liebes Lächeln auf. »Verstehen Sie? Gibt es hilfreiche Menschen, die an Heiligabend die armen Wesen in den Käfigen und Zwingern mit einer Bescherung beglücken? Unsere Lehrerin in Sozialkunde stellt uns immer so lebensnahe Aufgaben.« Philipp wurde kein bisschen rot bei seiner Schwindelei.

Frau Schlüter guckte so begriffsstutzig durch ihre große Brille, als hätte sie die Fragen nicht verstanden. »Tierfutter läuft bei uns immer gut, aber von Großeinkäufen hab ich nix gemerkt. Und überhaupt: Bescherung für Tiere – so ein Quatsch! Ihr wollt mich wohl . . .«

»Könnt ihr euren Kaffeeklatsch nicht woanders abhalten«, beschwerte sich die dicke Frau hinter ihnen, die offenbar Vorräte für den ganzen Winter eingekauft hatte.

»Seht ihr nicht, dass ihr den ganzen Betrieb aufhaltet? Unsere Kunden haben nicht ewig Zeit, hopp, Abmarsch!«, raunzte Frau Schlüter Jakob und Philipp an.

Enttäuscht schlenderten die beiden Jungen zum Ausgang. Doch plötzlich winkte ihnen ein Mädchen zu, das bei den Obstkisten Äpfel, Birnen und Orangen sortierte.

»Anja, was machst du denn hier?«, fragte Jakob verblüfft.

»Ich bin Azubi hier in diesem Supermarkt.« Dann flüsterte sie: »Wartet mal am Lieferanteneingang hinter dem Haus auf mich. Ich hab euch was zu sagen.«

Als die Jungen den Supermarkt verlassen hatten, sausten sie schnell zur Rückseite des flachen Baus.

»Woher kennst du das Mädchen?«, fragte Philipp außer Atem.

»Anja Schulze-Frielinghaus. Sie wohnt auch draußen in Uhlendiek. Ihrer Familie gehört ein Bauernhof ganz in unserer Nachbarschaft.«

Nur Sekunden dauerte es, da schlüpfte Anja aus der Hintertür des Supermarktes. »Ich muss mich beeilen, mein Chef darf nicht merken, dass ich mich mit euch treffe. Es geht um die verschwundenen Tiere, hab ich recht?«

Die beiden nickten. Anja trat dicht an die Jungen heran. »Ich hab mitgehört, als ihr mit dem Filialleiter und der Kassiererin gequatscht habt. Das mit dem Tierfutter, das weiß ich besser. Ich muss ja immer die Regale auffüllen. Gestern wurde ein ganzer Schwung Hundepellets und Katzenfutterdosen aus dem Regal genommen. Aber das ging dann nicht durch die Kasse. So ein junger Typ hat die Ware hier am Hinterausgang in Empfang genommen.«

»Und wer hat ihm das Zeug gegeben?«, fragte Jakob.

»Mein Chef, der Filialleiter. Doch das wisst ihr nicht von mir, kapiert? Dieses Gespräch hat niemals stattgefunden. Aber ich will, dass die verdammten Tierdiebe geschnappt werden. – So, jetzt muss ich wieder rein.«

»Moment«, bat Philipp. »Kennst du den Kerl, der das Futter abgeholt hat?«

Anja schüttelte den Kopf und eilte in den Supermarkt zurück.

Hilft Anjas Information den Detektiven?

Lies morgen weiter!

11. Dezember

Kein Gebell in Uhlendiek

Jakob und Philipp waren auf dem Weg von Billerheim nach Uhlendiek so schnell gelaufen, dass sie bei ihrer Ankunft mächtig Kohldampf hatten. Jakobs Mutter servierte den beiden frisch gebackene Printen und Apfelsaft. Und weil Lutz und Annette meinten, sie hätten in den vergangenen Stunden ebenfalls hart gearbeitet, ließen sie es sich selbstverständlich auch schmecken. Es duftete weihnachtlich im ganzen Haus.

»Was habt ihr ermittelt?«, fragte Lutz mit vollem Mund.

Philipp berichtete von Anjas Beobachtung und dem fremden Mann, der anscheinend an der Hintertür des Supermarkts eine größere Menge Tierfutter in Empfang genommen hatte – ausgerechnet vom Filialleiter. »Höchst verdächtig!«, fügte Philipp hinzu. »Wir sind eindeutig auf eine heiße Spur gestoßen.«

Karin Haferkamp hatte zugehört. »Wollt ihr etwa andeuten, dass der Filialleiter irgendetwas mit den Tierentführungen zu tun haben könnte? Das ist unmöglich! Den kenne ich doch. Paul Niederprüm macht seinen Job im Supermarkt ganz hervorragend. Ich glaube, ihr fantasiert euch da was zusammen.«

Da blähte Philipp sich gewaltig auf. »Wir deuten nichts an und wir fantasieren nicht! Wir sammeln eiskalt Fakten und recherchieren nach allen Seiten. Und verdächtige Personen werden selbstverständlich . . .«

Karin Haferkamp unterbrach ihn. »Lasst die Finger von der Sache! So etwas kann gefährlich sein. Für die Ermittlungen ist die Polizei zuständig. Warten wir erst mal ab, was Hermann zu dem Erpresserbrief sagt, wenn er nachher heimkommt.«

Alle drei Jungen und auch Annette protestierten lautstark.

Man konnte doch nicht einfach nur untätig herumsitzen und Däumchen drehen!

»Der Kerl, der am Hinterausgang die Futterpackungen abgeholt hat, wie hat der denn ausgesehen?«, wollte Lutz wissen. »Konnte Anja ihn beschreiben?«

»Verdammt!« Jakob trommelte mit den Fäusten auf der Tischplatte herum. »Das haben wir sie nicht gefragt. Wir haben einen dicken Fehler gemacht. Aber wir können sie ja befragen, wenn sie am Abend nach Hause kommt.«

Das Wort *Fehler* schlug Philipp ein bisschen auf den Magen. Schnell wechselte er das Thema. »Und was habt ihr ermittelt?« Er zeigte auf Lutz und Annette. »Haben die Zeitungsfritzen ein paar Informationen ausgespuckt?«

Lutz nickte. »Die zuständige Redakteurin hat uns so einiges erzählt.«

»Dann lasst hören!«, drängte Philipp.

Annette faltete den großen Lageplan auf dem Fußboden auseinander. »Kommt her, wir haben alles eingezeichnet!«

Lutz und Annette waren in der Tat sehr fleißig gewesen. Auf der Landkarte hatten sie die Häuser und Gehöfte angekreuzt, von denen nach Auskunft der Zeitungsredakteurin Tiere verschwunden waren. Und da ergab sich ein deutliches Muster: Alle Kreuzchen befanden sich am nördlichen Ortsrand von Billerheim und in den nördlichen Gemeinden Uhlendiek, Dornholt und Up der Wey, also ziemlich dicht beieinander in einem begrenzten Bezirk.

Philipp tippte auf die Karte. »Das untermauert unsere Theorie«, erklärte er feierlich. »Mindestens einer der Täter kennt sich gut in dieser Gegend aus, er ist den Tieren bekannt und er hat eine Möglichkeit gehabt, unbemerkt mit den geklauten Tieren zu verduften. Vielleicht ist er der Boss der Lametta-Bande. Auf ihn müssen wir uns konzentrieren. Jakob und Annette, ihr wisst doch über sämtliche Leute hier Bescheid. Fällt euch da jemand ein, dem ihr solch eine Erpressung zutraut?«

»Nein«, antwortete Annette entschieden, »ich kenne niemanden, der solche Gemeinheiten machen würde.«

Jakob rieb sich die Nase. »Also, wenn ich mir vorstelle, dass einer aus den umliegenden Dörfern dahinterstecken könnte – da wird mir ganz komisch im Bauch. Aber wer sollte das sein?«

»Das ist die *eine* große Frage«, sagte Lutz, »die *andere* ist: Wo könnten die Tiere so gut versteckt sein, dass es keiner merkt?«

Philipp nickte. »Wir müssen uns auf die Suche machen. Am besten fangen wir hier in Uhlendiek an.«

»Waaas? Ich soll unsere Nachbarn bespitzeln?« Jakob war entsetzt.

»Wir bespitzeln nicht, wir stellen Nachforschungen an«, erklärte Philipp sachlich. Er beugte sich tief über die Landkarte. »Gibt es hier einsam liegende Gehöfte, in denen man Tiere verstecken könnte? Irgendwo im Wald vielleicht?«

»Im Wald bestimmt nicht.« Jakob war sich seiner Sache sehr sicher. »Früher gab's am anderen Ende vom Wald mal einen alten Bunker aus dem Krieg. Aber der ist vor Jahren zugeschüttet worden. Außerdem sind jetzt im Winter die Holzfäller im Wald, na ja, und der Förster macht ja auch seine Kontrollgänge. Den Wald können wir vergessen.« Jakob winkte ab.

»Zur Vorsicht sollten wir den ehemaligen Bunker aber doch überprüfen«, sagte Lutz, dann zeigte er auf einen eingezeichneten Kreis zwischen Ackerflächen und Wiesen. »Was ist denn das?«

Annette mischte sich ein. »Das ist die Sankt-Anna-Kapelle. Aber da ist alles verriegelt und verrammelt, weil dort nämlich Ausgrabungen gemacht werden. Unter dem Fußboden der Kapelle hat man Reste von einer uralten Kirche gefunden. Aber weil der Boden jetzt gefroren ist, wird da zurzeit nicht gebuddelt.«

Jakob machte auf einen kleinen Gebäudekomplex aufmerksam, der mitten im Weideland lag. »Da hat vor zwei Jahren mal einer Strauße gezüchtet, der ist aber schnell pleite gegangen. Jetzt steht der Schuppen leer und gammelt vor sich hin.«

Philipp sprang auf die Füße. »Gleich morgen früh nehmen wir diese alte Straußenfarm unter die Lupe. Das könnte doch ein Versteck sein! Und jetzt schauen wir uns in Uhlendiek um.«

Gespannt lauschend schlenderten die drei Jungen zwischen den Häusern und Bauernhöfen umher. Sie hörten beruhigendes Kühegebrumm, Schweinegrunzen und das Sirren von Futtermaschinen. Aber nirgendwo war verdächtiges Hundegebell zu hören.

Sind die Tiere tatsächlich in der Straußenfarm versteckt?

Lies morgen weiter!

12. Dezember

Ein Licht im finsteren Wald

Auch der Hund, der plötzlich vor den drei Jungen stand, bellte nicht. Lutz und Philipp erstarrten vor Schreck zu Eisblöcken. Solch einen Monsterhund hatten sie noch nie gesehen! War das eine Mischung aus Bulldogge, Walross und Grizzlybär? Der Hund hatte entsetzlich lange Eckzähne, Speichelfetzen rannen ihm aus dem Maul.

»Bloß nicht bewegen, bleib ganz ruhig stehen!«, wisperte Lutz.

Da brach Jakob in brüllendes Gelächter aus. »Das ist doch nur Herkules! Der friedlichste Hund der ganzen Welt. Und ihr macht euch in die Hose!« Jakob ging zu dem Riesenhund und kraulte ihm das dicke Fell.

»Kann man doch nicht wissen, dass dieses Monstrum nicht bissig ist«, sagte Philipp kleinlaut. »Der sieht doch gefährlicher aus als ein Löwe.«

»Hast du das gehört, Herkules?« Jakob knetete die Schlappohren des Hundes. »Du siehst gefährlicher aus als ein Löwe. Was sagst du dazu?«

»Wuff!«, antwortete der Hund artig und bewegte sich langsam auf Lutz und Philipp zu, weil er sich bei den beiden auch eine Streicheleinheit abholen wollte.

»Jedenfalls bist du nicht von den Erpressern geklaut worden«, flüsterte Philipp dem Riesenhund ins Ohr.

Das fand Lutz überaus witzig. »Mann, Philipp, wie willst du so einen dicken Brummer denn entführen? Da musst du schon mit 'nem Krankenwagen kommen. Herkules wiegt doch mindestens zehn Zentner und überhaupt . . .« Lutz brach ab, als er den breitschultrigen Mann aus dem Kuhstall kommen sah. Der Mann schwang eine Mistgabel.

»Wer treibt sich denn hier auf dem Hof rum?«, brüllte der Mann, doch dann erkannte er Jakob. »Ach, du bist's. Es ist ja so einiges passiert in den letzten Tagen, da kann man nicht vorsichtig genug sein. – Ihr seid also die drei Eisheiligen, die unten am Bach zelten. Alle Achtung!«

»Der da ist mein Cousin Philipp und der andere ist unser Freund Lutz. Die beiden wollen sich ein bisschen in der Gegend umsehen. Sie kommen ja aus der Großstadt.« Dann zeigte er auf den Mann mit der Mistgabel. »Das ist Ludger Schulze-Frielinghaus, Anjas Vater. Wann kommt Anja denn nach Hause? Wir müssen sie dringend was fragen.«

»So gegen sechs fährt sie in Billerheim los. So, jetzt muss ich wieder in den Stall.« Der Bauer stapfte davon und Herkules folgte ihm.

Es begann bereits zu dämmern, als Lutz, Jakob und Philipp ihren Kontrollgang durch Uhlendiek beendet hatten. Ihnen war nichts Verdächtiges aufgefallen. Es war ja auch unwahrscheinlich, dass die gestohlenen Tiere auf einem der Bauernhöfe versteckt waren.

Als die Jungen dann in die Wohndiele polterten, stand dort Jakobs Vater mit dem Erpresserbrief in der Hand, der heute Morgen unter der Fußmatte gesteckt hatte – erst heute Morgen! Sie konnten es nicht fassen. Heute war so viel passiert: Xerxes war verschwunden und Käpten Peter wurde erpresst – genau wie die Haferkamps. An der Tankstelle hatten die Jungen erfahren müssen, dass sie Frank auf den Leim gegangen waren. Und auch die Nachforschungen im Supermarkt hatten nur unangenehme Wahrheiten ans Licht gebracht!

Ihre Gedanken wurden von der polternden Stimme Hermann Haferkamps unterbrochen. Er war außer sich vor Zorn, rannte durch die Wohndiele und schimpfte lautstark. »Das könnte den Sauhunden so passen! Keinen Cent bezahlen wir, keinen Cent. Und selbstverständlich werde ich sofort die Polizei benachrichtigen. Ich bin sicher, andere Leute, deren Tiere entführt wurden, sind vernünftig genug, das Gleiche zu

tun. Wir leben in einer zivilisierten Gesellschaft und nicht im Urwald.« Tobend lief er in die Küche, wo das Telefon stand.

»Aber was wird aus Gipsy?«, rief Annette ihm nach.

»Keine Sorge, Schwesterchen«, versuchte Jakob Annette zu trösten, »wir kommen den Scheißkerlen auf die Schliche. Kannst dich auf uns verlassen.«

»Zwei Verdächtige haben wir ja schon auf unserer Fahndungsliste«, sagte Philipp. »Den Dunkelmann Frank und den Filialleiter Paul Niederprüm. Wir müssen nur noch rausfinden, wer der Anführer der Lametta-Bande ist. Aber das schaffen wir schon. Wir sind ja schließlich drei clevere Kerlchen.«

»Lasst den Unsinn!«, forderte Karin Haferkamp. »Die Polizei ist den Verbrechern bestimmt längst auf den Fersen.« Dann eilte sie zu ihrem Mann in die Küche.

Dass die Polizei den Erpressern tatsächlich auf den Fersen war, glaubten die Jungen aber nicht. Erst einmal gingen sie zum Hof der Schulze-Frielinghaus-Familie, um auf Anja zu warten. Sie hüpften auf der Stelle und vollführten emsiges Schattenboxen, das half gegen die Kälte.

Als sich aus der Ferne das schwache Scheinwerferlicht von Anjas Mountainbike näherte, liefen sie dem Mädchen entgegen. Noch außer Atem vom Rennen fielen sie gleichzeitig mit der Frage über Anja her: »Wie sah der Kerl denn aus, der von deinem Chef das Tierfutter bekommen hat?«

Anja bestätigte, was sie schon geahnt hatten. »Ziemlich groß und schlank, so um die zwanzig oder etwas älter, Lederklamotten. Und 'nen dicken Schal hatte er sich zweimal um den Hals gebunden.«

»Und die Haare?«, fragte Lutz.

»Blond, glaub ich. Jedenfalls ziemlich lang.«

»Bingo!«, jubelte Philipp. »Unser lieber Freund Frank.«

Nun hatten sie es eilig. Sie wollten zu ihrem Zeltplatz, um sich dort zu beraten. Jakob ging voraus und leuchtete mit seiner Taschenlampe. Trotzdem stolperten sie dauernd über

Ackerschollen und Grasbüschel. Plötzlich blieben sie wie angewurzelt stehen.

Oben im finsteren Wald blinkte ein Licht!

»Nix wie hin!« Jakob stürmte schon los. Sie fanden die Stelle, an der man über den Bach springen konnte. Jakob hatte die Lampe ausgeknipst. Leise und geschmeidig wie Schlangenindianer drangen sie in das Waldesdunkel ein.

»Mir nach!«, zischte Jakob.

Was werden die Jungen im Wald entdecken?

Lies morgen weiter!

13. Dezember

Äpfel mit Leberwurst

Jakob hatte sich die Stelle am oberen Rand des Waldes, wo das Licht geblinkt hatte, gut gemerkt. Er kannte sich ja aus. Von Buchenstamm zu Buchenstamm tastete er sich vorwärts, dicht gefolgt von Lutz und Philipp. Fahler Sternenschein und eine dünne Mondsichel halfen ein wenig bei der Orientierung. Manchmal mussten die Jungen auf allen vieren durchs dichte Unterholz kriechen.

Falls sich gerade jemand von der Lametta-Bande im Wald herumtrieb, dann bot sich jetzt die Chance, einen Hinweis auf das Versteck der verschwundenen Tiere zu finden. Hin und wieder hoben die Jungen spähend die Köpfe, aber ein Lichtschein war nirgendwo zu entdecken.

Hatten sie sich etwa geirrt? Das konnte nicht sein. Sie hatten doch alle drei das Licht gesehen. Wieder und wieder verharrten sie und lauschten, doch außer dem Flüstern des Windes war nichts zu hören. Nicht einmal ein Nachtvogel schrie.

Es ging nun ziemlich steil bergauf. Lutz, Philipp und Jakob mussten höllisch aufpassen, dass sie auf den glitschigen Blättern und dem feuchten Moos nicht ins Rutschen gerieten. Zum Bergkamm war es nicht mehr weit.

Als sie den Forstweg erreichten, der oben am Hügel verlief, atmeten sie erst einmal tief durch. Sie waren enttäuscht. Weit und breit kein Licht. Auch sonst gab es nichts Auffälliges oder Verdächtiges. Nur Bäume und Sträucher und eben dieser holprige Waldweg, der vermutlich für die Holzabfuhr genutzt wurde.

Lutz hörte das Brummen als Erster. Dann erspähten die Jungen zwei hüpfende Lichter, die sich von Westen her näherten. Ein Auto! Es schwankte und quietschte in den ausgefahrenen Spuren. Die Lichtkegel der Scheinwerfer tanzten durch die Dunkelheit.

»In Deckung!«, schrie Philipp.

Blitzschnell ließen sich die Jungen ein Stück den Hang hinuntergleiten und verkrochen sich im Unterholz. Langsam rollte über ihnen der Wagen vorbei. Deutlich vernahmen sie das Stöhnen der Karosserie. Als sie dann die Köpfe hoben, sahen sie nur noch die roten Rücklichter.

»Ein Forstfahrzeug war das jedenfalls nicht«, erklärte Jakob und wischte sich Fichtennadeln vom Anorak. »Es war ein ziemlich helles Auto – kastenförmig, so wie ein Lieferwagen.«

»Wie viele Leute saßen drin?«, fragte Philipp. »Hat einer von euch das erkannt?«

»War aus dem steilen Winkel nicht zu sehen«, sagte Lutz, »und es war ja auch dunkel in dem Auto. Da hätte man schon 'nen Röntgenblick gebraucht. Aber eins ist mal klar: Als wir vorhin das Licht im Wald blinken sahen, da war das Auto auf der Hinfahrt. Kapiert? Und jetzt war's auf der Rückfahrt.«

»Wohin führt denn dieser Forstweg?«, wollte Philipp wissen.

Jakob erklärte es. »Nach Westen bis zum Waldende und noch ein Stück in die Felder hinein.«

»Etwa auch bis zur ehemaligen Straußenfarm?«

»Ich glaube schon«, antwortete Jakob zögernd. »Eigentlich gibt es einen asphaltierten Weg von Uhlendiek aus, aber ich glaube, über diesen Forstweg kommt man auch zu den Gebäuden der Straußenfarm.«

»Aha!«, sagte Philipp. »Und wohin ist der Wagen jetzt gefahren?«

»Da geht's zur Kreisstraße nach Billerheim.«

Lutz wischte sich mit dem Handschuh über die triefende Nase. »Das passt doch wie die Faust aufs Auge. Jede Wette, dass das in dem Auto die Leute von der Lametta-Bande waren.«

Das sahen Philipp und Jakob auch so. Eigentlich brauchte man da nicht lange zu kombinieren.

»Es ist viel zu dunkel, um jetzt noch im Wald weiterzusuchen«, warf Jakob ein. »Außerdem sterbe ich fast vor Hunger und gegen ein wärmendes Feuer hätte ich auch nichts einzuwenden«, meldete sich Philipp.

Lutz nickte. »Na dann auf zum Zeltplatz! «

Jakob kannte einen Pfad, der sich hinunter ins Tal schlängelte. Das machte den Rückweg leichter. Im Schein von Jakobs Taschenlampe trabten die Jungen zurück. Als sie sich dem Bach näherten, forderte Lutz: »Los, jeder greift sich ordentlich viel Feuerholz, damit wir genug haben für die Nacht!«

Und so kamen die drei schwer bepackt bei ihrem Lagerplatz an. Jakob brachte die Petroleumlampe zum Leuchten, Lutz pustete die Asche von der Feuerstelle und freute sich, dass noch ein wenig Glut glomm. Das machte die Sache einfacher. Schon nach wenigen Minuten prasselte das Feuer und verströmte wohlige Wärme.

Zuerst wärmten sie sich den Rest Linsen auf und futterten wie ausgehungerte Wölfe, dann schnitt Lutz dicke Scheiben vom Brotlaib und Jakob kramte eine Leberwurst aus seiner Sporttasche. Sie spießten die Brotscheiben auf dünne Stöcke und rösteten sie über dem Feuer, bevor sie sie mit Leberwurst bestrichen.

»Die Wurst schmeckt echt klasse«, stellte Philipp fest, »daran könnte ich mich totfressen.«

»Lass das mal lieber«, meinte Lutz. »Ich hab keinen Bock drauf, hier 'ne Leiche zu verbuddeln.«

»Für morgen hab ich auch noch eine dicke Blutwurst«, sagte Jakob. »Aber wir müssen jetzt noch ein bisschen Grünzeug knabbern. Vitamin C, versteht ihr? Ist gut für das Gehirn. Und funktionierende Gehirne brauchen wir ja, wenn wir die Lametta-Bande aufs Kreuz legen wollen.«

Lutz kroch ins Zelt und holte Äpfel aus seinem Rucksack. Philipp, der so wild auf die Leberwurst war, hatte dann eine geniale Idee. Er schnitt Apfelringe zurecht, fädelte sie auf einen Zweig und ließ sie über der Glut heiß werden – und dann schmierte er Leberwurst drauf. Jakob und Lutz taten es ihm nach. Sie waren sich einig: warme Apfelscheiben mit Leberwurst – ein tolles Adventsessen!

»Das Rezept sollten wir uns patentieren lassen.« Lutz lachte.

»Ich muss die ganze Zeit an die entführten Tiere denken«, sagte Philipp auf einmal. »Ob es denen auch so gut geht wie uns?«

Haben die drei Jungen eine Chance, die Tiere zu finden?

Lies morgen weiter!

14. Dezember

Spuk in der Straußenfarm

Als Philipp, Jakob und Lutz am nächsten Morgen die Zeltplane aufschlugen, machten sie erst einmal große Augen. Ein wunderbarer weißer Teppich lag über der Landschaft und noch immer rieselten Flocken.

»Hab ich euch nicht prophezeit, dass es schneien würde?« Jakob krabbelte schnell aus dem Zelt, schlüpfte in seine Schuhe und versuchte, Schneeflocken mit dem Mund aufzufangen. »Hopp, raus, ihr Penner!«

Nach der spärlichen Wäsche am Bach und hastigem Zähneputzen zogen die Jungen rasch ihre warmen Sachen an und aßen, im Zelteingang hockend, ein paar Butterbrote. Eigentlich wollten sie Früchtekuchen kochen, doch das hätte zu lange gedauert, und darum schlürften sie nur ein paar Schlucke aus dem Wasserkanister.

»Verdammt gut, dass es schneit«, meinte Philipp, »da lassen sich viel leichter verdächtige Fußspuren entdecken. Am besten wir fangen mit dem zugeschütteten Bunker an.«

»Von mir aus.« Jakob zog den Reißverschluss seines Anoraks hoch. »Aber da spielt sich garantiert nichts ab.«

Sie stiefelten los. Wieder ging es in den Wald hinein. Der Schnee auf dem Trampelpfad war glitschig. Wenn einer von ihnen ausrutschte, hatten die beiden anderen ihren Spaß. Sie kamen nach einer Viertelstunde an den Forstweg, auf dem sie am Abend zuvor das Auto beobachtet hatten. Zwar fanden sie die Spuren von zahlreichen kleinen und großen Vögeln, von Hasen und Kaninchen, aber von frischen Reifenabdrücken war nichts zu sehen.

»Wir wissen ja nicht, wann es angefangen hat mit dem Schneien, aber ich schätze mal, dass heute Morgen hier noch kein Wagen rumgekurvt ist.« Lutz prüfte die dünne Schneedecke auf dem Weg. »Wenn es die ganze Zeit nur so sachte geschneit hat wie jetzt, dann dürfte es so um Mitternacht angefangen haben.«

Philipp näselte mit Reporterstimme: »Meine Damen und Herren, Sie hörten den Wetterbericht unseres Schneeexperten Lutz!«

»Mach dich nur lustig über einen erfahrenen Pfadfinder!« Lutz raffte eine Handvoll Schnee und rieb damit seinem Freund das Gesicht ein.

»Hört auf zu blödeln«, mahnte Jakob. »Wir müssen weiter.«

Irgendwo weiter weg im Wald kreischten die Motorsägen der Holzfäller. Schneeklumpen lösten sich aus den Baumkronen. Die drei Jungen überquerten den Forstweg und erreichten bald die Hügelkuppe. Jakob zeigte auf die Reste der Betonmauern, die noch aus dem Boden ragten. Sie waren überwuchert von Sträuchern und Farnen.

»Nee, hier kann man wirklich keine Tiere verstecken«, stellte Philipp fest. »Machen wir uns wieder auf die Socken!«

Vorbei an welkem Brombeergestrüpp staksten sie den Waldrand entlang. Nur noch wenige Schneeflocken taumelten aus den tief hängenden Wolken. Krächzend flogen Krähen in dichtem Schwarm auf ein abgeerntetes Feld und hackten im Schnee herum.

»Guckt mal da rüber!« Jakob zeigte auf eine kleine Baumgruppe in der Ferne. »Könnt ihr dort drüben die Sankt-Anna-Kapelle erkennen?«

Lutz und Philipp sahen den gelblichen Rundbau mit dem lustigen Türmchen. Ein Lattenzaun umgab die paar Bäume und das Kapellchen.

»Sollen wir mal hinlaufen?«, fragte Lutz.

»Quatsch!« Jakob tippte sich an die Stirn. »Da ist alles verriegelt und verrammelt. Hab ich doch schon gesagt. Wir wollten doch zur alten Straußenfarm.«

Sie stapften querfeldein durch den Schnee auf ein flaches, U-förmiges Gebäude mit Wellblechdach zu. Ausgestorben,

leer und trostlos wirkte das alles, obwohl die Backsteinwände noch gar nicht vergammelt waren. Die halb offenen Unterstände an der linken Seite des Innenhofs wirkten wie Grabkammern.

Philipp legte die Hände zu einem Trichter zusammen und rief: »Kommen Sie mit erhobenen Händen heraus! Das Gelände ist umstellt! Hier spricht die Polizei! Ich wiederhole . . .«

»Drehst du jetzt völlig durch?«, fuhr Lutz ihn an. »Lasst uns doch erst mal lauschen, ob wir irgendwo Tierstimmen hören. Bellen oder so. Es ist hier ein bisschen unheimlich, finde ich.«

Es war nur das Geräusch von Schmelzwasser zu hören, das vom Dach tropfte. Vorsichtig näherten sich die Jungen dem Haus. Die Fenster neben der Metalltür waren zerbrochen, Schnee war in den leeren Raum geweht. Die Tür war nicht abgeschlossen. Mit angehaltenem Atem schlüpften die Jungen hinein. Auf der Kunststoffschicht des Fußbodens waren die Abdrücke von Wandregalen zu sehen, lose Kabelenden ragten aus der Wand.

»Mein geschulter Detektivblick sagt mir, dass das hier wohl mal eine Art Büro gewesen ist«, witzelte Philipp, obwohl ihm eigentlich ein bisschen mulmig zumute war.

Das konnte Jakob bestätigen. »Manchmal hat der Niggemann hier auch auf 'nem Feldbett gepennt. Niggemann: So heißt der Exstraußenzüchter. Ist inzwischen weggezogen aus dieser Gegend.«

Lutz stampfte kräftig mit dem Fuß auf und horchte. »Gibt es hier einen Keller oder ein Untergeschoss?«

»Vergiss es!« Jakob winkte ab. »Hier ist nix unterkellert.«

Eine Pendeltür führte zum ehemaligen Stall, der so groß wie eine Tennishalle war.

»Tote Hose«, stellte Philipp fest. »Keine Hunde, keine Katzen – nichts. Leute, wir stehen auf dem Schlauch. Hier haben die Erpresser ihre Beute jedenfalls nicht versteckt. Bleibt nur noch die Scheune.« Enttäuscht kickte er vertrocknete Straußenköttel gegen die Wand.

Sie gingen über den Innenhof und ließen den Blick schweifen. Absolut keine Spuren von Tieren oder Menschen im Schnee. Dann riss Lutz das Scheunentor auf.

Ein paar zerzauste Strohballen lagen herum und leere Futterdosen. Es roch muffig. So düster es auch war: Die Jungen wussten sofort, dass sie auch hier keine entführten Haustiere finden würden.

Aber plötzlich raschelte etwas im Stroh!

Die Jungen zuckten erschrocken zusammen. Lutz ließ sein Allzweckmesser aufschnappen. Hatte sich hier jemand versteckt? Vielleicht einer von der Lametta-Bande?

Aber schon brachen die drei in Gelächter aus. Mäuse! Zahllose Mäuse schossen aus einem Strohhaufen, wieselten irritiert hin und her und verschwanden dann in den dunklen Ecken.

»Uff!«, stöhnte Lutz.

Geben die drei Detektive die Suche auf?

Lies morgen weiter!

15. Dezember

Die Zeit wird knapp

Ziemlich niedergeschlagen trotteten Jakob, Lutz und Philipp in Richtung Uhlendiek. Dass sie in den Bauten der verlassenen Straußenfarm keinen Hinweis auf die entführten Tiere und auf die Erpresser gefunden hatten, war eine echte Enttäuschung. Sie hatten Annette und auch Käpten Peter Hoffnung gemacht, dass sie Gipsy, Xerxes und all die anderen verschwundenen Tiere aufspüren würden. Und nun standen sie noch immer mit leeren Händen da. Die Zeit wurde knapp. Jetzt waren sie auf dem Weg zu Käpten Peters Haus. Sie wollten wissen, ob sich die Lametta-Bande inzwischen gemeldet hatte, um den Treffpunkt für die Geldübergabe bekannt zu geben.

Nach langen Schweigeminuten wandte Lutz sich an Jakob. »Fallen dir nicht noch andere Schuppen hier im Umkreis ein, in denen man Haustiere verstecken könnte?«

Jakob antwortete ein wenig gereizt: »Es gibt 'ne Menge offene Feldscheunen und Unterstände für die Kühe hier auf den Weiden, aber da kannst du nicht mal 'nen Frosch gefangen halten. Sollen wir jetzt etwa die anderen Gemeinden abklappern? Ich schätze, das haben die Polizisten längst getan.«

»Vermutlich.« Lutz nickte. »Wenn man mal logisch denkt . . . Also, den Trip zur Straußenfarm hätten wir uns sparen können. Garantiert haben die Bullen dort auch schon gesucht.«

»Aber wir geben noch lange nicht auf«, erklärte Philipp. »Vielleicht sind die Tiere ganz woanders versteckt. Weiter weg irgendwo. Die Entführer werden ja wohl ein Auto haben.«

»Vielleicht stecken sie in einer Höhle auf dem Kilimandscharo.«

Lutz lachte. »Oder sie sind irgendwo am Titicacasee versteckt.«

»Nee, die Lametta-Fritzen haben sie auf den Mond gebeamt«, meinte Jakob.

Philipp wurde sauer. »Könnt ihr Quatschköpfe mal wieder ernst werden? Lasst mal eure grauen Zellen ein bisschen rotieren! Es geht um Fakten. Erstens: Unser komischer Frank hat sich vorgestern Abend nicht auf 'ner Südseeinsel rumgetrieben, sondern hier im Wald. Zweitens: Wir haben ein verdächtiges Auto beobachtet – ebenfalls hier im Wald. Drittens: Wir wissen von Anja, dass Frank und Paul Niederprüm unter einer Decke stecken und heimlich Tierfutter aus dem Laden geschafft haben. Die Tiere sind folglich irgendwo hier in der Nähe versteckt. Wir müssen nur logischer nachdenken. Und da kommt's natürlich besonders auf Jakob an. Er kennt in dieser Gegend doch jeden Winkel. Stimmt's?«

»Na ja . . .« Jakob druckste herum. »Ich sehe da noch ein ganz anderes Problem. Man kann doch nicht einfach einen Haufen Hunde und Katzen zusammen in einen Raum sperren. Die Tiere kennen sich überhaupt nicht! Das gäb Mord und Totschlag. Oder sehe ich das falsch?«

»Beruhigungsmittel«, sagte Lutz. »Die Erpresser haben den Tieren bestimmt irgendwelche Beruhigungsmittel ins Futter gemixt.«

Philipp nickte eifrig. »Sedativa. So heißen solche Beruhigungsmittel in der Fachsprache.«

»Klugscheißer!«, raunzte Lutz. Dann hatte er eine Blitzidee. »Den Chef der Lametta-Bande kennen wir noch nicht und wir wissen nicht, ob es überhaupt einen gibt. Wo sich Frank tagsüber rumtreibt, ist uns nicht bekannt. Klar ist bloß, dass Paul Niederprüm im Supermarkt zu finden ist. Also müssen wir uns an den halten. Wenn wir dem auf den Fersen bleiben, führt er uns wahrscheinlich zu seinen Komplizen und vielleicht auch zu den verschleppten Tieren.«

»Das ist eine super Idee. Wir postieren uns heute Abend in der Nähe vom Supermarkt und beschatten den Filialleiter«, freute sich Philipp.

»Aber jetzt statten wir erst mal Käpten Peter einen Besuch ab«, meinte Jakob. »Mal sehen, ob es was Neues gibt.«

Es begann wieder stärker zu schneien. Der alte Mann stand schon in der Tür, als die Jungen sich seinem Haus näherten. Aus seiner Pfeife quollen dicke Rauchwolken.

»Habt ihr Xerxes noch immer nicht gefunden?«

»Nee, noch nicht«, sagte Jakob kleinlaut. »Aber wir haben eine heiße Spur. Der Pudel ist auf jeden Fall vor Weihnachten wieder zu Hause.«

»Kommt erst mal rein«, brummte Käpten Peter.

Es gab Neuigkeiten. Früh am Morgen hatte das Telefon geklingelt. Jemand hatte mit verstellter Stimme gefordert, dass die 1000 Euro Lösegeld in einen großen Briefumschlag zu stecken und an das Postfach 49888 in Billerheim zu schicken seien. Sofort nach Eintreffen des Geldes werde der Hund seinem Besitzer zurückgebracht. Und wieder die Forderung: Kein Wort zur Polizei!

»War es eine Männerstimme?«, fragte Lutz.

»Jawoll«, erwiderte Käpten Peter. »Aber der Saukerl redete so nuschelig. Hat sich vermutlich ein Taschentuch vorgehalten.«

Jakob klopfte mit den Fäusten auf die Tischplatte. Das schreckte den Kakadu auf. »Leck mich am Arsch! Leck mich am Arsch! Hände hoch!« Habakuk schlug aufgeregt mit den Flügeln.

»Da stimmt was nicht«, sagte Jakob. »In Billerheim gibt es kein Postamt mehr. Die Poststation ist jetzt im Supermarkt untergebracht. Und da sind auch die Schließfächer. Ich weiß haargenau, dass es nur Postfächer mit vierstelligen Ziffern gibt. Die angegebene Zahl ist auf jeden Fall falsch.«

Käpten Peter nickte. »Das hat der Mann von der Kriminalpolizei auch gesagt. Ich soll einfach Zeitungspapier in den Briefumschlag stecken und das dann wie üblich dem Postboten mitgeben. Alles Weitere sei Sache der Polizei.«

»Waaas, die Kripo war hier?« Philipp bekam den Mund nicht mehr zu. Erst nach einer Weile knurrte er: »Die Kriminalpolizei pfuscht uns ins Handwerk. Das hat uns gerade noch gefehlt!«

»Nun krieg dich mal wieder ein, Philipp«, forderte Lutz. »Das war doch zu erwarten, dass die Kripo sich in den Fall einschalten würde. Käpten Peter und Annette sind doch nicht die Einzigen, denen die Tiere geraubt wurden. Wir müssen eben nur schneller sein als die Polizei!«

Habakuk krakeelte ihnen nach, als sie Käpten Peters Haus verließen. Und schon wieder wartete Annette am Gartentor.

»Ich hab euch gesehen, als ihr über den Feldweg gekommen seid«, sagte Annette. »Ein Kriminalbeamter war vorhin bei uns.«

»Das wissen wir doch längst«, behauptete Philipp. »Aber wir sind der Kripo einen Schritt voraus.«

Stimmt das, oder schwindelt Philipp nur?

Lies morgen weiter!

16. Dezember

Der Mann mit der Ledermütze

Auch bei den Haferkamps hatte am Morgen jemand mit Nuschelstimme angerufen und das gleiche Sprüchlein wie bei Käpten Peter aufgesagt.

Karin Haferkamp sagte: »Ich habe den Kerl gefragt, ob er noch alle Tassen im Schrank habe. Als ob wir so einfach einen Packen Geld an ein anonymes Postfach schicken würden! Aber da hatte der Mistkerl das Gespräch schon beendet. Kurz darauf kam dann ein Polizist. Er war über die Anrufe bereits informiert und verlangte von mir . . .«

Jakob unterbrach seine Mutter. »Die Nummer mit dem Zeitungspapier kennen wir schon. Gar kein übler Trick. Es fragt sich nur, ob die Polizisten auch clever genug sind, auf diese Weise den Erpressern auf die Schliche zu kommen.«

»Genau«, bestätigte Philipp, »das ist der Knackpunkt. Vorläufig kennt jedenfalls noch niemand das Versteck, in dem die geklauten Tiere eingesperrt sind. Erst müssen die Tiere gefunden werden, dann kann die Falle zuschnappen. An das Versteck kommt man vermutlich nur über die Diebe ran. Da darf man nicht den zweiten Schritt vor dem ersten machen.«

Karin Haferkamp schmunzelte. »Wenn man dich so reden hört, Philipp . . . Kann es sein, dass du zu viele Kriminalgeschichten liest?«

Bevor sein Freund sich empören konnte, mischte Lutz sich ein. »Das hat mit Kriminalgeschichten nichts zu tun. Wir haben schon einen sehr konkreten Plan.«

»Jungs, haltet euch raus!« Karin Haferkamp war besorgt. »Ihr wisst doch, dass Detektivspielerei gefährlich werden kann. Ich bin froh, dass die Kriminalpolizei die Sache in die Hand genommen hat.«

Das Protestgeschrei der Jungen war ohrenbetäubend. Detektivspielerei? Unerhört! Beleidigung! Logische Ermittlungsarbeit ist keine Spielerei! Karin Haferkamp hielt sich die Ohren zu.

Annette schrie: »Mir ist es piepegal, wer die Sache in die Hand nimmt! Ich will, dass Gipsy endlich wieder bei mir ist.« Sie zeigte auf die Tageszeitung, die aufgeschlagen auf dem Tisch lag. »Hier steht ja, dass die Polizei null Ahnung hat.«

Die große Überschrift lautete:

VERSCHWUNDENE TIERE GEBEN WEITERHIN RÄTSEL AUF

»Tut bloß nichts Unüberlegtes!«, mahnte Karin Haferkamp die Kinder noch einmal.

Jakob klopfte seiner Mutter auf die Schulter. »Keine Angst, Mama, wir tun jetzt was verdammt gut Überlegtes. Wir kochen jetzt nämlich Spaghetti.«

»Wollt ihr nicht lieber hier im Haus zu Mittag essen?«, fragte sie. »Im Schnee kochen – das klappt doch nicht.«

Lutz fühlte sich bei seiner Pfadfinder-Ehre gepackt. »Wir könnten sogar bei einem Orkan kochen. Das bisschen Schnee ist doch ein Klacks!«

»Ich komme mit«, entschied Annette. »Spaghetti kochen im Schnee, das macht man nicht alle Tage.« Schon holte sie sich einen Teller und Besteck aus der Küche und schlüpfte in ihre dicke Kapuzenjacke.

Lutz verstieß eindeutig gegen seine pfadfinderischen Grundsätze, als er noch schnell ein Bündel Stroh aus der Scheune holte und unter seinen Anorak stopfte. Eine kleine Hilfe konnte vielleicht nützlich sein, wenn er das Kochfeuer entfachte. Und es sollte ja auch schnell gehen.

Die kleine Schar marschierte los zum Zeltplatz. Dort angekommen, machte sich Lutz an der Feuerstelle zu schaffen. Schon bald brachte er das Feuer zum Prasseln. Das trockene Stroh hatte sich als sehr nützlich erwiesen. Jakob brach Holz zurecht, Philipp füllte Wasser aus dem Kanister in den Topf

und holte die Nudelpackungen, die Dose mit Tomatensoße und das Päckchen Streukäse aus dem Zelt.

Als das Wasser zu brodeln begann und die Spaghetti im Topf waren, setzten sie sich erwartungsvoll um das Feuer. Nach einer Weile war das Essen endlich fertig. Schweigend widmeten sie sich ihrem Mittagsmahl.

Annette war es dann später, die zum Aufbruch drängte, obwohl eigentlich noch viel Zeit war. »Wenn Gipsy nicht vor Weihnachten wieder bei mir ist, dann soll es Weihnachten überhaupt nicht geben. Ich gehe natürlich mit euch nach Billerheim.«

Das gefiel den Jungen zwar nicht besonders, aber sie konnten es Annette ja nicht verbieten. Im Gänsemarsch zogen sie zuerst am Bach entlang und dann über Feldwege auf Billerheim zu. Das Städtchen war wunderschön weiß überpudert und wirkte an diesem Nachmittag wie eine Reklamepostkarte aus einem Skigebiet.

In der kleinen Fußgängerzone tummelten sich die Leute. Letzte Weihnachtseinkäufe waren zu erledigen. Anscheinend brachte der Schnee die Menschen in die richtige Stimmung.

Auch im Supermarkt herrschte nun Hochbetrieb. Beide Kassen waren geöffnet. Durch die Fensterwand konnten die Jungen und Annette den Filialleiter erkennen. Paul Niederprüm war inmitten des ganzen Trubels mit zahlreichen Kunden beschäftigt.

»Dreht euch jetzt nicht um«, flüsterte Philipp plötzlich. »Ich glaube, wir werden beobachtet. Guckt nur auf die Glasscheibe! Könnt ihr's im Spiegelbild sehen? Da ist ein Kerl hinter uns. Er hat einen schwarzen Mantel an und so 'ne komische Ledermütze auf dem Kopf. Der ist mir vorhin schon aufgefallen.«

»Ob das einer von der Lametta-Bande ist?«, fragte Lutz leise.

»Es könnte auch einer von der Kripo sein«, gab Jakob zu bedenken. »Ob die Polizei dem Niederprüm auch schon auf den Fersen ist?«

Philipp hatte einen Vorschlag. »Wir tricksen den Ledermützenmann aus. Wir verteilen uns, kapiert? Jeder geht jetzt woanders hin und in fünf Minuten treffen wir uns wieder hinter der Kirche.«

Was hat der Mann mit der Ledermütze vor?

Lies morgen weiter!

17. Dezember

Die große Überraschung

Sie waren einzeln durch die Straßen geschlendert und trafen sich nun, wie vereinbart, auf der Rückseite der Kirche. Es war zugig kalt hinter den alten Mauern. Ein paar Tauben stritten um ein Pappschälchen mit den Resten einer Currywurst. Philipp kam als Letzter.

»Ich hab den Mützenmann noch eine Weile beobachtet«, erklärte er. »Erst dachte ich, dass der vielleicht bloß auf eine Frau wartet, aber jetzt bin ich sicher, dass er den Filialleiter im Auge hat.«

Lutz sagte: »Bis der Supermarkt dichtmacht, dauert's noch ziemlich lange. Wie schlagen wir jetzt die Zeit tot?«

Jakob zeigte auf das Pappschälchen, aus dem die Tauben pickten. »Ich spendiere 'ne Runde Currywurst, okay?«

»Aber wir haben doch vorhin erst einen Haufen Spaghetti gefuttert!«, protestierte Annette. »Wir können doch nicht schon wieder . . .«

Lutz winkte ab. »Doch, können wir. Es wird bestimmt ein langer Abend für uns. Da ist es gut, wenn wir vorher ordentlich Kraft tanken. Annette, du kannst dir ja an einer der Buden gebrannte Mandeln holen.«

Wieder gingen sie zur Fußgängerzone, dieses Mal getrennt, und kamen erst am Würstekiosk wieder zusammen. Sie mussten eine Weile warten, bis sie an der Reihe waren. Annette wollte weder gebrannte Mandeln noch Currywurst, sondern eine Frikadelle mit viel Senf.

»Der Mützenmann ist verschwunden«, sagte Jakob. »Jedenfalls steht er nicht mehr da, wo er vorhin gestanden hat.«

»Ha, davon dürfen wir uns nicht täuschen lassen!« Philipp kniff die Augen zusammen. »Warum ist da plötzlich ein Drehorgelspieler und dudelt *Ihr Kinderlein kommet* und solches Zeug? Ich wette, dass das ein getarnter Kripomann ist, der den Niederprüm überwacht. Wir müssen vorsichtig sein.« Philipp streckte die Nase hoch. »Ich spüre, dass die Entscheidung naht.« Für diesen Satz hätte er sich am liebsten selber auf die Schulter geklopft.

»Klar, die Sache wird heiß, da sollten wir unseren Verdacht so allmählich der Polizei mitteilen«, gab Lutz zu bedenken, »sonst machen wir uns am Ende wirklich noch strafbar.«

»Kommt nicht in die Tüte!«, entgegnete Philipp. »Erst müssen wir das Geheimversteck finden, in dem die Haustiere eingesperrt sind.«

Das meinte Jakob auch. Detektive geben doch nicht mitten in ihrer Ermittlungsarbeit auf! Die Jungen beschlossen, dass einer von ihnen immer abwechselnd in der Nähe des Supermarktes versteckt bleiben müsse, um den Filialleiter zu überwachen: Jakob war als Erster an der Reihe.

Lutz, Annette und Philipp bummelten nach ihrer kleinen Zwischenmahlzeit in den Sträßchen rund um die Kirche umher und alberten dann ein bisschen zwischen den Autos auf dem Parkplatz herum. Die Dämmerung hatte eingesetzt, daher strahlte die Weihnachtsbeleuchtung nun heller. Es schneite nicht mehr.

Zäh verrann die Zeit. Doch allmählich wurde es ruhiger. Ein Laden nach dem anderen schloss in der Fußgängerzone. Im Supermarkt strebten die letzten Kunden zur Kasse. Die ersten Putzfrauen machten sich schon an die Arbeit. Lutz, der inzwischen den Beobachtungsposten übernommen hatte, alarmierte die anderen. Jetzt galt es, den Haupteingang und die Hintertür im Auge zu behalten.

Lutz flüsterte in sein Handy: »Wahrscheinlich wird der Paul Niederprüm gleich die Tageseinnahmen zur Sparkasse bringen. Da müssen wir ihm auf den Fersen bleiben. Der Drehorgelspieler ist übrigens mit seinem Leierkasten verduftet.«

»Verstanden«, kam Philipps Antwort. »Bleib du auf deinem Posten. Wir übernehmen den Hinterausgang. Ende!«

Es dauerte noch eine Weile. Nach und nach kamen dann die fünf, sechs Angestellten aus der Hintertür. Ein ungemein dicker Mann erschien. Offenbar hatte er die Aufgabe, den Supermarkt abzuschließen und die Alarmanlage einzuschalten, wenn die Putzkolonne mit dem Wischen und Saugen fertig war.

»Er kommt!«, zischte Jakob.

Zusammen mit Annette und Philipp hatte er sich in einen Hauseingang gedrängt. Leise teilte Philipp per Handy Lutz mit, dass der Filialleiter soeben durch den Hinterausgang den Supermarkt verlassen hatte.

Mit einem kleinen Metallkoffer strebte Paul Niederprüm der Sparkasse auf der Bahnhofstraße zu. Der Schnee quietschte unter seinen Schuhen. Lutz hatte sich inzwischen der kleinen Späherschar angeschlossen, die aus sicherer Entfernung geduckt hinter geparkten Autos dem jungen Filialleiter folgte. Es war so, wie Lutz es vermutet hatte: Paul Niederprüm ließ den Geldkoffer in eine Klappe neben dem Sparkasseneingang rutschen und wandte sich dann eilig dem Bahnhofsvorplatz zu.

»Er geht ins Café Aurora«, stellte Jakob fest.

Vorsichtig näherten sich Annette und die drei Jungen dem kleinen Café. Hier ging es lebhaft zu. Sogar an der Theke drängten sich die Leute. Es waren vor allem Jugendliche. Aus der Dunkelheit heraus hatten die Späher einen guten Blick in den hell erleuchteten Raum.

Und dann entdeckten sie die erste Überraschung!

»Ich glaub es nicht!«, stieß Lutz hervor. »Seht ihr, wer da auf den Herrn Filialleiter wartet? Unser lieber Freund Frank!«

Natürlich sahen sie es alle. An einem der Stehtische wartete Frank auf seinen Kumpel Paul Niederprüm. Die beiden schlugen die Hände gegeneinander und lachten. Anscheinend hatte Frank bereits für Paul ein Bier bestellt.

Und da folgte auch schon die zweite Überraschung!

Noch gerade rechtzeitig konnten die vier Beobachter in eine Toreinfahrt huschen, als ein gelbes Auto um die Ecke bog und vor dem Café anhielt. Es war das Postauto.

Der Postbote Walle stieg aus. Mit zügigen Schritten betrat er das Café und ging zielstrebig auf Frank und Paul Niederprüm zu. Sofort steckten die drei die Köpfe zusammen.

»Das haut mich um!« Jakob fasste sich an den Kopf. »Ausgerechnet der Walle! Dass der in diese Schweinerei verwickelt ist!«

Annette begriff erst allmählich. »Waaas? Gehört der Walle etwa auch zur Lametta-Bande? Das kann ich nicht glauben!«

Philipp stieß seltsame Laute aus, als wäre er von einem plötzlichen Schüttelfrost gepackt worden.

»Wir sind Supervollidioten!«, schrie Philipp und trommelte sich mit den Fäusten vor die Brust. »Wir haben Matsche im Gehirn und waren blind, blind, blind! Natürlich Walle! Jetzt ist alles klar. Großer Gott, wie doof wir doch waren!«

Ist jetzt klar, wie die Tiere entführt wurden?

Lies morgen weiter!

18. Dezember

Der dritte Mann heißt Niggemann

Lutz und Jakob stimmten mit ein in die Selbstbeschimpfung. Sie waren sich einig: Sie hatten nicht logisch kombiniert. Einen schlimmeren Vorwurf können sich Detektive nicht machen. Aber jetzt fiel es ihnen wie Schuppen von den Augen. Natürlich konnte nur der Postbote Walle der entscheidende Mann sein! Ausschließlich in seinem Postbezirk waren die Hunde und Katzen entführt worden.

Jakob machte sich die größten Vorwürfe. Besonders er hätte das raffinierte Spielchen der Lametta-Bande doch durchschauen müssen, weil er sich hier in der Umgebung auskannte. »Dass ich Hirni nicht sofort auf Walle gekommen bin! Wer kennt alle Haustiere draußen bei den Häusern und Höfen? Selbstverständlich der Postbote Walle. Und wen kennen all die Katzen und Hunde? Selbstverständlich den Postboten Walle. Sie sehen ihn ja jeden Tag, wenn er die Post bringt. Sogar die scheuesten Katzen und die bissigsten Hunde haben sich an ihn gewöhnt. – Wie konnten wir nur so bekloppt sein!«

»Und sie lassen sich ja bestimmt auch von ihm anfassen, ohne ihm die Augen auszukratzen oder ihm die Finger abzubeißen«, sagte Lutz grimmig. »Und – schwupps – hat er sie in seinem Kombi verschwinden lassen. Das Postauto ist groß genug. Die Leute haben zu ihm Vertrauen. Wer verdächtigt schon den netten Postboten!«

»Aber wir hätten ihn verdächtigen müssen«, beharrte Philipp. »Er ist auch der Einzige, der den Leuten die unfrankierten Erpresserbriefe mit den albernen Lamettastreifen unterjubeln konnte, ohne dass es jemandem aufgefallen wäre. Da stellt sich bloß noch die Frage nach dem Motiv. Wollen die drei Erpresser bloß abkassieren oder steckt mehr dahinter?«

Annette konnte das alles noch immer nicht fassen. »Dass

sie meine arme Gipsy gestohlen haben! Das verzeihe ich denen nie. Hoffentlich ist meine Katze noch am Leben. Wenn sie mit dem bissigen Xerxes und anderen Hunden im gleichen Raum versteckt ist ... Ich darf gar nicht daran denken.«

Lutz zog die anderen ein Stück zurück in die Dunkelheit, damit sie von den drei Männern am Stehtisch am Ende nicht noch entdeckt würden. Er sagte: »Wie ich das sehe, hat sich die Lametta-Bande jetzt selbst eine Falle gestellt. Die Aufforderung an die Tierbesitzer, das Lösegeld in einen Umschlag zu stecken und an das komische Postfach zu schicken – versteht ihr? Okay, Walle ist der rollende Briefkasten. Das Postfach gibt's aber nicht. Wenn das Geld verschwindet, kommt er doch als Erster in Verdacht.«

Philipp hatte eine Idee. »Wenn ich der Walle wäre und die Briefumschläge mit dem Geld wären in meinem Postauto, dann würde ich bei einem der letzten Höfe auf meiner Tour brav die Post zum Haus tragen. Und wenn ich wieder zu meinem Auto käme, würde ich laut schreien: ›Hilfe, jemand hat den Postkasten aus meinem Auto gestohlen! Die Geldbriefe sind auch weg.‹«

»Ach, und wo sind die auf einmal?«, wollte Jakob wissen.

»Doofe Frage«, antwortete Philipp cool. »Abgekartetes Spiel. Der Frank hat natürlich im Gebüsch gehockt und die Umschläge aus dem Auto geholt, während Walle zum Haus lief.«

Lutz tippte seinem Freund auf die Nasenspitze. »Aber eins hast du nicht bedacht. Ich schätze mal, dass nicht alle Leute ihre Briefe dem Postboten Walle mitgeben. Was ist, wenn jemand den Geldumschlag einfach irgendwo in den Briefkasten schmeißt?«

Das konnte Jakob erklären. »Alle Briefe, Päckchen und Pakete landen bei einem Briefzentrum. Die Briefe mit der Billerheimer Postleitzahl sind dann am nächsten Tag in Billerheim. Und wenn die Briefträger dann am nächsten Morgen zur

Postverteilungsstelle kommen, braucht der Walle bloß ein bisschen geschickt zu sein. Beim Sortieren reißt er sich die Umschläge mit der falschen Postfachnummer einfach unter den Nagel. Kapiert? Er tut so, als gehörten sie zu seinem Postbezirk.«

»Das ist doch nur eine Theorie«, brummte Lutz. »Die Kripo hat den Leuten doch gesagt, sie sollen Zeitungspapier in die Umschläge stecken. Also verdächtigen sie den Walle längst und wollen ihn auf frischer Tat ertappen. Und den Filialleiter vom Supermarkt haben sie auch im Auge. Denkt an den Mützenmann. Aber anscheinend hat die Polizei den dritten Mann noch nicht identifiziert. Sie will die ganze Bande auf einmal schnappen. Und der dritte Mann ist der Frank und steht jetzt da drinnen im Café.«

»Ich fasse dann mal zusammen«, sagte Philipp und breitete theatralisch die Arme aus. »Wir haben Paul Niederprüm entlarvt und den Postboten Walle – wie heißt der eigentlich richtig?«

Das wusste Jakob natürlich. »Walter Grosche.«

»Also gut.« Philipp redete weiter. »Die Erpresser Niederprüm und Grosche sind identifiziert. Wer aber ist Frank?«

Jetzt hatte Annette ihren großen Auftritt. »Das kriege ich raus. Ich geh auf die Toilette im Café, weil ich sowieso dringend muss. Mich hat der Frank ja noch nie gesehen. Und dann quatsche ich die Kerle einfach an.« Noch ehe die Jungen sie daran hindern konnten, sauste Annette los.

Als sie dann vom Klo kam, drängelte Annette sich durch den Pulk der schwatzenden Gäste und steuerte wie zufällig den Stehtisch mit den drei Biertrinkern an. »Hallo, Walle!« Annette riss mit gespielter Überraschung die Augen auf.

»Hallo, Annette!« Walle war wirklich erstaunt. »Was tust du denn hier noch so spät?«

»Och, ich hab mit meiner Mutter noch ein paar Weihnachtseinkäufe gemacht.« Sie zeigte auf Paul Niederprüm. »Sag mal: Bist du nicht der Boss vom Supermarkt?«

»Boss ist gut!« Paul Niederprüm grinste. »Ich bin bloß der Filialleiter, so eine Art Obersklave. Der wirkliche Boss sitzt in einem schicken Büro in der Großstadt.«

»Und wer sind Sie?« Annette schaute Frank an.

»Das ist Frank Niggemann.« Walle zupfte Frank an den langen Haaren. »Wir drei sind alte Klassenkameraden. Frank wohnt in der Stadt. Manchmal besucht er uns und wir zischen zusammen ein Bierchen.«

»Na dann prost!« Annette lachte. »Ich wünsche euch noch einen schönen Abend. Tschüss!« Rasch verließ sie das Café Aurora.

Die Jungen machten Stielaugen, als Annette mit der Nachricht nach draußen kam. Frank Niggemann? So hieß doch der ehemalige Straußenfarmer, der Pleite gemacht hatte: Niggemann.

»Frank könnte sein Sohn sein«, sagte Jakob, »aber gesehen hab ich ihn vorher noch nie. Merkwürdige Geschichte!«

»Lasst uns erst mal abhauen«, schlug Philipp vor. »In meinem Hinterkopf klingelt's. Könnte gut sein, dass wir beobachtet werden. Was wir jetzt brauchen, ist eine erstklassige Taktik.«

Aber was können die Detektive jetzt unternehmen?

Lies morgen weiter!

19. Dezember

Die Entscheidung naht

Sie wurden tatsächlich beobachtet. Der Mann mit der Ledermütze stand hinter dem dicken Stamm einer Platane und hatte sowohl die drei Jungen und das Mädchen als auch die Männer am Stehtisch im Blick. Als sie sich nun entfernten, zog er sein Sprechfunkgerät aus der Manteltasche.

Eigentlich wollten die Jungs jetzt erst einmal Annette nach Hause bringen, bevor sie sich zu ihrer Aktion oben im Wald aufmachten, doch Annette bestand darauf, auf jeden Fall bei den Jungen zu bleiben. Wo es doch um ihre Katze ging! Mit Philipps Handy rief Jakob in Uhlendiek an, damit die Eltern sich keine Sorgen machten.

Schneekristalle, fein wie Staub, bewegten sich sacht in der kalten Luft. Die Wolken waren aufgerissen, Sterne blitzten, die dünne Mondsichel stand verschwommen am Himmel. Die vier Wanderer stapften, so müde sie auch waren, wacker dem schwarzen Wald zu, der sich am Horizont dehnte. An einer Wegbiegung legten sie eine Verschnaufpause ein. Und selbstverständlich mussten sie sich ja auch eine Taktik überlegen.

»Das helle Auto, das wir gestern auf dem Forstweg gesehen haben, war ohne jeden Zweifel Walles Postauto. Ich frage mich, ob die drei heute Abend wohl noch mal in den Wald fahren werden«, begann Jakob.

»Na klar!« Philipp stemmte die Fäuste in die Hüften. »Sie müssen ja schließlich die Tiere füttern. Heute früh waren keine Reifenspuren im Schnee, also erledigen sie die Fütterei abends. Genau wie gestern. Ist doch logisch! Am ersten Abend hat sich bloß Frank am Waldrand rumgetrieben. Vermutlich wollte er sich mit seinen Kumpels oben am Forstweg treffen. Ich schätze, gestern waren sie alle zusammen im Auto. Jetzt müssen wir alles auf eine Karte setzen!«

»Blas dich mal nicht so auf, Philipp!« Lutz konnte es nicht leiden, wenn sein Freund den Angeber spielte. »Was willst du denn alles auf eine Karte setzen?«

Philipp holte tief Luft und blies sich schon wieder auf. »Wir haben nur eine Chance, das Versteck mit den Tieren zu finden, wenn wir die Erpresser an Ort und Stelle observieren. Und mit Ort und Stelle meine ich den Punkt zwischen den Feldern, an dem der Forstweg endet und wo sie ihren Wagen abstellen müssen. Da beziehen wir Posten. Sehe ich das falsch?«

»Das siehst du ziemlich richtig«, gab Jakob zu. »Vorausgesetzt, sie kommen wirklich. Ich frag mich nämlich noch immer, wo die Tiere versteckt sein könnten. Die Burschen werden ja wohl kaum eine Höhle in den Boden gebuddelt haben.«

Lutz schaltete sich ein. »Also, alles auf eine Karte. Wir müssen es riskieren.«

Ausgerechnet die erschöpfte Annette forderte zum Weitergehen auf. Man wisse doch nicht, wie lange sich die Männer von der Lametta-Bande noch im Café aufhalten würden, meinte sie, und wenn die dann mit dem Postauto losführen, wären sie schnell oben im Wald. »Wir dürfen nicht zu spät kommen!«

Nein, das durften sie wirklich nicht. Sie eilten weiter durch das Halbdunkel und trabten dann am Bach entlang dem Zeltplatz zu. Wie winzig auf einmal das Zelt wirkte! Jakob kroch hinein und holte seine Taschenlampe. Zwischen finsteren Bäumen stiegen sie auf dem geschlängelten Pfad den Waldhügel hinauf. Jakob ging mit der Lampe voraus. Er stellte die Stablampe auf Streulicht, als sie unterhalb des Kammes den Forstweg erreichten. Es waren keine frischen Reifenabdrücke zu sehen. Der Schnee lag wie ein weißer Teppich, nur das Muster von Tierfüßen war zu erkennen.

»Auf jeden Fall sind wir vor ihnen da«, sagte Lutz, »falls sie überhaupt kommen. Aber wir müssen ganz am Rand gehen. Unsere Fußspuren würden sie sonst warnen.«

»Das versteht sich von selbst«, erklärte Philipp, obwohl er gar nicht daran gedacht hatte. Ihm waren ganz andere Gedanken durch den Kopf gegangen. »Wir haben einen Fehler gemacht. Wisst ihr das? Wir waren heute früh völlig auf die ehemalige Straußenfarm fixiert. Wahrscheinlich waren wir uns zu sicher, dass dort die Hunde und die Katzen versteckt sein müssten.«

»Und wo lag dabei der Fehler?«, wollte Lutz wissen.

»Wir haben uns nicht um die Sankt-Anna-Kapelle gekümmert.«

»Aber Jakob hat doch gesagt . . .«

»Exakt, Lutz!« Philipp geriet in Fahrt. »Jakob hat gesagt, dass dort alles verschlossen ist wegen der Ausgrabungsarbeiten. Das genau ist der Knackpunkt! Haben wir das überprüft? Nein, haben wir nicht. Das war der Fehler.«

Jakob wehrte sich. »Aber da *ist* alles verriegelt und verrammelt. Da hängt sogar ein Schild, dass das Betreten der Ausgrabungsstätte strengstens verboten ist.«

»Das stimmt«, bestätigte Annette.

»Seit wann scheren sich Kriminelle um Verbotsschilder?«, spottete Philipp. »Leute, die Kapelle ist unser Ziel! Zweimal machen wir nicht den gleichen Fehler.«

Ein paar Sekunden herrschte tiefes Schweigen. Philipps Idee war doch verrückt. Sollte die Lametta-Bande tatsächlich die Kapelle aufgebrochen haben, um dort die Tiere zu verstecken? War der Raum nicht zu klein? Und hätten die Waldarbeiter und der Förster nicht das Gebell und Getobe der Tiere gehört? Am Morgen war doch auch kein Geräusch zu vernehmen gewesen.

»Okay«, sagte Jakob entschlossen, »versuchen wir halt, über den Bauzaun zu klettern und in die Kapelle einzudringen. Auf eine Enttäuschung mehr oder weniger kommt's ja nicht an.«

Sie lauschten. Kein Motorenlärm im Wald. Also auf zur Kapelle!

Sind die Haustiere tatsächlich in der Kapelle versteckt?

Lies morgen weiter!

20. Dezember

Das Gefängnis der Tiere

Den Weg, der zur Kapelle führte, durften sie nicht benutzen, weil sie sonst Fußspuren in den Schnee getreten hätten. Darum näherten sie sich in weitem Bogen im Schutz der Büsche am Rande des gepflügten Ackers der Sankt-Anna-Kapelle. Das war nicht ganz leicht, denn unter der Schneedecke waren die Erdschollen kaum mit den Füßen zu ertasten. Natürlich knipste Jakob die Taschenlampe nicht an. Der Lichtschein wäre kilometerweit zu sehen gewesen.

Sie erreichten den Zaun von der Rückseite. Das Gittergeflecht war mit Brettern und Pressspanplatten so verkleidet, dass man nur durch die Lücken auf die Kapelle spähen konnte. Sie schlichen am Zaun entlang bis zum Holztor des Ausgrabungsgeländes. Wie Annette und Jakob schon erwähnt hatten: Das Tor war in der Tat verschlossen und zusätzlich mit einer dicken Eisenkette und einem Vorhängeschloss gesichert. Jakob zeigte auf das Emailschild, dessen Aufschrift in der Dunkelheit nur schwer zu lesen war:

BETRETEN DER AUSGRABUNGSSTÄTTE STRENGSTENS VERBOTEN!

»Wir müssen aber trotzdem rein«, sagte Lutz. »Lasst uns eine Räuberleiter machen und ich mache dann den Anfang.«

Doch Jakob hatte etwas entdeckt. »Moment mal! Hier stimmt was nicht. Das Schloss ist geknackt worden. Mit einem Bolzenschneider oder so. Seht ihr's?« Im Schutz seiner aufgeknöpften Jacke ließ Jakob die Taschenlampe kurz aufleuchten.

»Ganz schön raffiniert!« Philipp machte große Augen. »Jetzt wissen wir, wie sie reingekommen sind. Aber wir klettern trotzdem über den Zaun, weil wir sonst zwischen dem Gitter und der Kapelle zu viele Fußabdrücke hinterlassen. Dann wären die Erpresser gewarnt.« Rasch wischte er mit dem Handschuh Schnee über die Stelle, an der sie gestanden hatten.

Sie huschten zur östlichen Seite des Zaunes. Jakob lehnte sich mit dem Rücken an den Bauzaun und verschränkte die Hände: die Räuberleiter für Lutz. Über Jakobs Schulter erreichte er die Zaunkrone und sprang geschmeidig auf der anderen Seite hinunter. Annette folgte auf die gleiche Weise. Dann war Philipp an der Reihe. Er blieb im Reitersitz oben auf dem Gatter hocken, damit Jakob sich an seinem Bein hochziehen konnte.

Plastikeimer standen herum, Schaufeln und kurze Leitern lehnten an der Kapellenmauer, auf einem Schutthaufen lag eine umgekippte Schubkarre: Gerätschaften der Archäologen. Jakob schlich voraus zur Kapellentür und rüttelte an der Klinke. Wieder ließ er die Lampe aufblitzen.

»Die Tür ist abgeschlossen«, stellte Jakob fest, »aber es ist ein ganz einfaches und altmodisches Schloss. Mit einem Dietrich können Walle und seine Kumpane die Tür locker öffnen. Ich leuchte mal kurz in die Kapelle rein.«

»Lass mich!«, forderte Philipp. Er presste das Gesicht an das Bleiglasfenster in der Holztür und erkannte nach und nach verschiedene Gegenstände in der kleinen Kapelle. Schemenhaft stand über dem Altar eine Figur, die vermutlich die heilige Anna darstellte. Die Fliesen des Fußbodens waren herausgerissen und an den Wänden gestapelt. Da war ein Loch mitten im Raum! Das Ende einer Leiter ragte heraus. »Leute, die Archäologen buddeln tief unter dem Boden der Kapelle!«, flüsterte Philipp aufgeregt. »Vielleicht sind die Tiere unten in dem Kellerloch versteckt. Krypta – so nennt man unterirdische Grabkammern und Unterkirchen. Das ist Fachsprache.«

»Musst du schon wieder angeben?«, fauchte Lutz.

Jakob hatte inzwischen an der rechten Außenwand der Kapelle eine Stelle entdeckt, an der die Steine aus der Mauer

geschlagen worden waren. Die Röhre führte schräg nach unten – und dort war es stockfinster.

»Durch dieses Loch haben die Leute, die hier buddeln, vermutlich den Schutt nach draußen geschmissen«, sagte Lutz. »Zu eng zum Reinkriechen.«

Plötzlich zuckte Annette zurück. »Ich rieche was! Das kommt aus dem Loch und stinkt richtig. Da unten sind die Tiere versteckt. Ich schwör's!«

Ja, jetzt rochen die Jungen es auch. Ausdünstungen von Hunden und Katzen. Aufgeregt gingen alle in die Knie und starrten in das schwarze Loch.

»Ich krieche ein Stück rein«, erklärte Annette entschlossen, »ich bin dünn genug. Haltet mich an den Beinen fest!« Sie riss ihrem Bruder die Taschenlampe aus der Hand und krabbelte los.

Hier im Kellergewölbe konnte Annette gefahrlos die Stablampe anschalten, denn kein Lichtschein würde nach draußen dringen. Und was sie dann sah, ließ ihr den Atem stocken. Da waren die entführten Tiere!

Im Strahl der Lampe blitzten die Augen der Hunde und Katzen auf, als glühten sie. Nur schwach klang das Jaulen, Wimmern und Kläffen der verstörten Tiere. Anscheinend stimmte die Vermutung, dass man ihnen irgendwelche Drogen ins Futter gemixt hatte. Beißender Gestank drang Annette in die Nase. Der Boden war kotverschmiert, die Wassernäpfe schienen leer zu sein, überall waren schwarze Urinpfützen zu sehen.

»Was siehst du?«, zischte Jakob, der Annette an den Fußknöcheln festhielt. »Siehst du da unten die Tiere?«

»Ja, sie sind hier! Mehr als ein Dutzend. Sie sind in so komischen Boxen . . . Ich meine, da unten sind überall Steinmauern.«

Annette hatte einmal gehört, dass unter der Kapelle offenbar die Fundamente eines Klosters freigelegt wurden. Waren diese winzigen Räume, kaum drei Quadratmeter groß, vor Hunderten von Jahren die Zellen der Mönche gewesen? Schulterhoch waren die Mauern, die die Räumchen trennten. Und in jede dieser Zellen waren ein paar Tiere gesperrt: Hunde, Katzen und sogar ein weißes Kaninchen. Zittrig vor Aufregung leuchtete Annette mit der Lampe herum. Dann entdeckte sie Xerxes, der mit einem Terrier und einem wolligen Mischling zusammengesperrt war.

Und endlich sah sie in einem Knäuel von Katzen ihre geliebte Gipsy. »Bald seid ihr wieder frei!«, rief Annette zu den Tieren hinunter.

Plötzlich ertönte Philipps leiser Warnpfiff. »Achtung! Vom Wald her nähern sich Autolichter. Sie kommen!«

Sitzen Annette und die Jungen jetzt in der Falle?

Lies morgen weiter!

21. Dezember

Plötzlich wird die Nacht hell

Philipp spürte ein heftiges Rumoren im Bauch, als er durch einen Spalt in der Bretterverkleidung des Zaunes starrte. Doch tapfer schüttelte er die leichte Panik wieder ab, die ihn überfallen hatte. Detektive müssen kaltblütig sein. »Sie sind ausgestiegen. Ich kann die drei Gestalten sehen. Sie leuchten mit Taschenlampen vor sich her. Was tun wir jetzt? Sollen wir wieder über die Umzäunung klettern und erst einmal abhauen?«

Das sah Lutz ganz anders. »Es wird allerhöchste Zeit, dass wir die Polizei verständigen. Das hätten wir schon eher tun sollen.« Er zog sein Handy aus der Anoraktasche und tippte, obwohl er sie kaum erkennen konnte, die Tasten 1-1-0. Sofort meldete sich ein Mann, dessen Name Lutz in der Hektik nicht verstand, aber das Wort *Kreispolizei* hörte er deutlich.

»Hier spricht Lutz Bargholz. Bitte, schicken Sie schnell einen Streifenwagen! Es geht um die Tiere, die geraubten Haustiere . . . Sie wissen schon. Die sind in der Sankt-Anna-Kapelle versteckt, wo im Keller die Ausgrabungen . . . Ich und meine Freunde, wir sind jetzt hier bei der Kapelle und die drei Erpresser kommen immer näher und . . .«

»Stopp!«, unterbrach die Stimme. »Wir haben die Sache im Griff. Die Kollegen sind ganz in eurer Nähe. Am besten, ihr versteckt euch irgendwo, damit ihr der Polizei beim Zugriff nicht in die Quere kommt. Hast du mich verstanden?«

Ziemlich irritiert rief Lutz: »Die Bullen sind schon in der Nähe. Wir sollen verduften. Also haben sie den Walle und seine Komplizen auch verdächtigt!«

Hastig zerrte Jakob seine Schwester aus dem Wandloch. Geistesgegenwärtig schaltete Annette die Stablampe aus. Unten im Gewölbe wurden die Tiere laut, als das Licht erlosch.

»Sie sind noch ungefähr hundert Meter vom Tor entfernt und biegen jetzt auf den Kapellenweg ein«, meldete Philipp. »Sie tragen allerlei Zeugs unter den Armen. Wasser und Tierfutter wahrscheinlich. Ich kann's nicht richtig erkennen. Es ist zu dunkel.«

Jakob zog Annette mit sich. »Lutz, Philipp, kommt endlich!«, zischte er. »Wir verkrümeln uns hinter die Birken auf der Rückseite der Kapelle.«

Schnell sausten sie um die Ecke und verbargen sich im welken Gras hinter den Baumstämmen. Die Schneekristalle glitzerten im spärlichen Mondschein. Philipp reckte den Kopf hoch und lauschte angestrengt. Zu sehen war das Tor im Bretterzaun von hier aus nicht, aber das Klirren der Verschlusskette war deutlich zu hören. Dann waren Flüsterstimmen, schlurfende Schritte und ein metallenes Klappern an der Kapellentür zu vernehmen.

»Jetzt dringen sie in die Kapelle ein«, wisperte Lutz.

Die dunkle Nacht wurde plötzlich taghell. Alles ging sehr schnell. Zwei Polizeiwagen mit Blaulicht und Sirenenschrillen kamen angerast, Scheinwerferstrahlen drangen durch die Ritzen des Zaunes, das Tor wurde aufgerissen . . .

Da ertönte überlaut eine verzerrte Megafonstimme. »Hier spricht die Polizei! Kommen Sie mit erhobenen Händen aus der Kapelle! Das Gelände ist umstellt, jeder Widerstand ist zwecklos. Ich wiederhole: Kommen Sie mit erhobenen Händen . . .« Die Stimme brach ab.

Denn da traten sie schon zögernd und mit hochgestreckten Händen durch die Kapellentür ins gleißende Scheinwerferlicht: Walter Grosche, Paul Niederprüm und Frank Niggemann – die Lametta-Bande. Sofort waren uniformierte Beamte zur Stelle und nahmen sie fest. Jakob, Philipp, Annette und Lutz, die sich neugierig näherten, erkannten auch Hauptwachtmeister Bendix und Wachtmeister Schniederjahn.

»Wir haben doch nichts Schlimmes getan!«, rief Walle. »Wir wollten die Tiere doch zurückgeben.«

»Nichts Schlimmes getan? Da darf ich doch mal kurz lachen.« Der Mann mit der Ledermütze kam aus dem Hintergrund und legte das Megafon in den Schnee. »Ich bin Hauptkommissar Wuttke von der Kreispolizei. Ich nehme Sie vorläufig fest wegen des Verdachts gemeinschaftlich begangenen Diebstahls in zahlreichen Fällen mit anschließendem Erpressungsversuch. Außerdem . . .«

In diesem Augenblick kam eine Polizistin aus der Kapelle geeilt: »Chef, die Tiere scheinen alle noch am Leben zu sein, aber sie sind in bedauerlichem Zustand.«

»Also auch noch Tierquälerei«, stellte Kommissar Wuttke sachlich fest. »Da kommt ganz schön was zusammen.«

Frank machte einen Schritt nach vorn und hob trotzig das Gesicht. »Ich allein bin schuld. Der ganze Plan stammt von mir. Meine beiden Freunde haben mir bloß geholfen. Sie können mich ja verhaften, aber lassen Sie die beiden anderen gehen.«

»Sie sind wohl ein Witzbold, wie?« Der Hauptkommissar lachte unfroh. »Hier geht es nicht um einen komischen Jux. Sie alle drei wollten sich durch Gelderpressung bereichern. – Na, das wird Ihnen der Staatsanwalt haargenau erklären.«

Frank begehrte auf. »Das stimmt überhaupt nicht! Wir wollten uns nicht bereichern. Es geht um meinen Vater. Er hat doch mit der Straußenfarm Konkurs gemacht und hockt auf einem Berg Schulden. Und weil bald Weihnachten ist, also, da wollten wir ihm mit etwas Geld unter die Arme greifen – eine Freude zu Weihnachten, verstehen Sie?«

»Ach, wie edel und liebevoll!«, höhnte der Kommissar. »Sie wollten Ihrem Vater ein hübsches Weihnachtsgeschenk machen? Aber auf wessen Kosten? Sie haben vielen Leuten einen Schrecken eingejagt. Vor allem die Kinder hatten Angst um ihre Tiere. Und Sie berufen sich auch noch auf Weihnachten? Das ist doch wohl der Gipfel! Los, abführen – wir unterhalten uns auf dem Revier weiter!«

»A-a-aber das Postauto!«, zeterte Walle. »Ich muss doch . . .«

Der Kommissar schnitt ihm das Wort ab. »Um das Postauto kümmern wir uns. Die Spurensicherung wird beweisen, dass mit diesem Wagen die entführten Tiere transportiert wurden.«

Frank warf den drei Jungen einen giftigen Blick zu. »Ihr habt mich also doch verpfiffen!«

Philipp schüttelte den Kopf. »Wir haben euch nicht verpfiffen. Wir haben mitgeholfen, euch zu überführen. Das ist ein Unterschied.«

Wird der Hauptkommissar jetzt eine Strafpredigt halten?

Lies morgen weiter!

22. Dezember

Punktsieg für die Detektive

Das war das Ende der Lametta-Bande. Der Mannschaftswagen, in dem die drei jungen Erpresser zur Kreisstadt gebracht werden sollten, schaukelte auf dem holprigen Weg davon.

Hauptkommissar Wuttke, der mit den Beamten Schniederjahn und Bendix zurückgeblieben war, winkte Lutz, Jakob und Philipp zu sich ins Scheinwerferlicht. »So, Kameraden, mit euch habe ich noch ein Hühnchen zu rupfen. Welcher Teufel hat euch geritten, dass ihr euch eingemischt habt? Emil und die Detektive, wie? Kapiert ihr nicht, dass solche Alleingänge gefährlich sein können? Ich sollte euch die Ohren lang ziehen.«

Lutz hob die Hand. »Bitte, keine Beleidigungen! Ich bin Pfadfinder. Es ist meine Pflicht, den Menschen zu helfen, die in Not sind. Und die Leute, denen die Haustiere geklaut worden waren, die waren ja in Not.« Lutz zeigte auf Annette. »Sie zum Beispiel. Annette hat dicke Tränen um ihre Katze geweint.«

»Nachbarschaftshilfe ist eine Bürgerpflicht«, erklärte Jakob mit vorgerecktem Kinn, »jawoll! Wahrscheinlich steht das sogar im Grundgesetz.«

Und Philipp ergänzte: »Wir haben sozusagen Parallelermittlungen zur Polizei durchgeführt.« Auf diesen Satz war er sehr stolz.

Der Kommissar konnte ein Schmunzeln nicht verbergen. »Ich muss zugeben, ihr wart verdammt clever. Die Polizei hatte die drei Verdächtigen natürlich schnell im Visier, aber was das Versteck der Tiere hier betrifft, da wart ihr uns einen Tick voraus. Alle Achtung! Wie seid ihr den Kerlen denn auf die Schliche gekommen?«

Philipp ahnte, dass nun sein großer Auftritt gekommen war. »Logisches Kombinieren, Herr Hauptkommissar. Man sammelt Puzzleteilchen und fügt sie zu einem Gesamtbild zusammen.« Philipp holte tief Luft. »Selbstverständlich fiel uns in dem Erpresserbrief die Formulierung mit den *kleinen Lieblingen* sofort auf, denn ausgerechnet diese Wörter stehen auch im Supermarkt über dem Tierfutterregal. Und Anja, die ist dort Azubi, hat uns eine interessante Beobachtung mitgeteilt. Und dass der Postmann Walle als Einziger die Möglichkeit hatte, die Tiere unbemerkt verschwinden zu lassen, das war uns sofort sonnenklar.« Unter Einsatz von Händen und Füßen erzählte Philipp die ganze Geschichte. Aber dass Frank sich in ihrem Zelt versteckt hatte, das verschwieg er natürlich.

Hauptkommissar Wuttke blies die Luft aus den Backen. Er rief Wachtmeister Schniederjahn zu sich. »Nehmen Sie die Namen und die Adressen der drei Jungen auf. Wahrscheinlich werden wir ihre Zeugenaussagen noch zu Protokoll nehmen.« Unsere Zeugenaussagen zu Protokoll nehmen! Die drei Jungen blickten sich stolz an.

Aus einem der Streifenwagen kam die Polizistin geeilt. Anscheinend hatte sie allerlei Telefonate geführt. Autolärm durchbrach die Nachtruhe. Was sich da von Uhlendiek her näherte, sah aus wie eine Lichterprozession. Aufgeregte Männer, Frauen und Kinder hasteten zum Kapellenvorplatz. Alle wollten sofort in die Kapelle eindringen und über die Leiter hinunter in das ausgegrabene Gewölbe klettern, aber das ließ Hauptwachtmeister Bendix nicht zu. Zuerst musste eine Tierärztin den Zustand der Tiere beurteilen.

Es gab großes Getuschel unter den ungeduldig Wartenden: Wer hätte so etwas von dem zuverlässigen Postboten Walle gedacht! Und der nette Filialleiter vom Supermarkt gehörte auch zu der Bande! Dass das mit der Straußenfarm nichts werden würde, hatte man ja geahnt, aber dass der Sohn vom alten Niggemann zu solch kriminellen Mitteln greifen würde – unerhört!

Annette lief ihren Eltern entgegen. Zusammen mit Karin und Hermann Haferkamp war Käpten Peter auf der Bildfläche erschienen und schimpfte lauthals, weil er nicht sofort Xerxes aus dem Keller holen durfte. Wachtmeister Schniederjahn konnte ihn kaum beruhigen.

Dann endlich erschien Tierärztin Dr. Monika Dombrowski zusammen mit ein paar Leuten vom Tierschutzverein. Alle trugen weiße Schutzanzüge. Sie gingen, ausgestattet mit allerlei Umhängetaschen und Leuchtstrahlern, in die Kapelle hinein und verschwanden in der Tiefe. Unten rumorten die eingesperrten Tiere.

Derweil genossen Lutz, Jakob und Philipp die bewundernden Blicke der Wartenden. Selbstverständlich hatte es sich herumgesprochen, dass sie bei der Aufklärung dieses Falles geholfen hatten. Annette hielt sich im Hintergrund. Ihr war der Rummel peinlich.

Dann ging alles sehr schnell. Ein Tier nach dem anderen wurde von den Tierschützern durch die Kapellentür gereicht. Offensichtlich hatte die Ärztin keine Bedenken, die Tiere sofort wieder an ihre Besitzer zu übergeben. Die Hunde und Katzen hatten glücklicherweise keine schlimmen Verletzungen. Menschen jubelten und weinten und lachten, sie streichelten und umarmten ihre kleinen Lieblinge; Hunde jaulten, winselten, bellten gellend und umsprangen die ihnen vertrauten Menschen; Katzen jammerten und schnurrten und verkrochen sich vor dem grellen Scheinwerferlicht in den Armen ihrer Besitzer. Ein kleiner Junge heulte vor Glück, als ihm das weiße Kaninchen gereicht wurde.

Käpten Peters Kampfpudel Xerxes war schon wieder quietschfidel und wollte sich mit einem Chow-Chow anlegen, doch Käpten Peter legte ihn rasch an die Leine. Da pinkelte der Pudel dem Käpten ans Bein. Annette drückte selig ihre Gipsy. Ein Mann im Lodenmantel, lang und dünn wie eine Bohnenstange, ließ immer wieder das Blitzlicht seiner Fotokamera aufzucken.

Nach und nach wurde es ruhiger. Die letzten Autos rollten davon, das Hundegebell wurde schwächer. Und dann rieselte auch wieder leise der Schnee.

Philipp gähnte. »Ich bin sooo müde. Ich brauch jetzt dringend 'ne Mütze Schlaf.«

Das Gähnen des Detektivs steckte an. Seine Partner gähnten auch.

Können die erfolgreichen Ermittler nun zu ihrem Zelt gehen?

Lies morgen weiter!

23. Dezember

Eine Bohnenstange freut sich

Der dünne Mann im Lodenmantel kam wie eine Rakete angeschossen, als Philipp, Lutz und Jakob sich auf den Weg zu ihrem Zeltplatz machen wollten. »Halt, ihr drei!« Schon hielt er sich die Kamera vors Auge. »Rückt mal dichter zusammen. Ich brauche doch unbedingt ein Foto von euch. Ihr seid ja sozusagen die Helden in diesem Drama.«

»Man tut, was man kann«, sagte Philipp und gab sich sehr cool. »Wer sind Sie überhaupt?«

»Zittwitz. Pit Zittwitz vom *Kreis-Kurier*. Ich muss mich beeilen. Mein Bericht soll morgen früh in der Zeitung erscheinen. Los, lächelt mal!« Und während er redete, machte er klickklick. »Mal kurz in Stichworten: Wie seid ihr denn dieser Bande auf die Schliche gekommen? War das Zufall?«

Diese Beleidigungen mussten die drei erst einmal verdauen. Da hatten sie einen komplizierten Fall dank ihrer kriminalistischen Fähigkeiten gelöst und nun verlangte diese Bohnenstange mal eben bloß ein paar Stichworte! Das war schon empörend genug. Aber dass er ihnen unterstellte, dass sie den Tierdieben vielleicht nur zufällig auf die Spur gekommen seien: Das war eine Unverschämtheit!

»Es gibt keine Zufälle«, knurrte Lutz wütend. »Haben Sie schon mal was von logischer Kombinationsarbeit gehört?«

Bohnenstange guckte verblüfft. »Entschuldigung! Ich wollte euch nicht . . .«

»Geschenkt«, unterbrach Philipp den dünnen Mann und erzählte die Geschichte noch einmal, während der Reporter eifrig auf seinem Block herumkritzelte. »Ja, so haben wir also die Lametta-Bande überführt.« Philipp breitete die Arme aus und beendete seinen Bericht.

»Lametta-Bande?« Pit Zittwitz starrte Philipp verwundert an. »Was hat das denn zu bedeuten?«

»Na ja, wir haben der Bande diesen Namen gegeben.«

Jakob ergänzte: »Weil die Erpresserbriefe nämlich mit Lametta verziert waren. So eine Frechheit muss man sich mal vorstellen.«

Der Reporter verfiel in fröhliche Zuckungen. »Klasse! Jungs, da habt ihr mir das perfekte Stichwort geliefert. Lametta-Bande! Das ist prima für die Überschrift. *Lametta-Bande von der Polizei gefasst*. So was macht die Leser sofort neugierig.«

»Wie schön für Sie«, brummte Lutz. »Aber die Überschrift stimmt nicht so ganz. Mindestens zur Hälfte sind *wir* an dem Fahndungserfolg beteiligt. Wir haben die verschleppten Tiere zuerst entdeckt.«

Das interessierte den Reporter anscheinend nicht mehr so sehr. Zwar notierte er sich noch rasch die Namen der Jungen, obwohl er mit seinen kalten Fingern kaum noch den Kugelschreiber halten konnte, doch dann wetzte er zu seinem Mini-Cooper und brauste davon.

»Da bin ich mal gespannt auf den Käse, den Bohnenstange verzapfen wird«, sagte Jakob. »Eigentlich müssten wir Honorar bekommen. Ich meine, weil wir ihm die tolle Überschrift für seinen Artikel geliefert haben.«

Philipp gluckste. »Die Welt ist eben ungerecht. Mach dir nichts draus, Jakob. Wir haben jedenfalls unseren Job erledigt.«

»Und wie wir das haben!« Lutz zog die Freunde mit sich. »Jetzt wird erst einmal gepennt. Der Stress ist vorbei.«

»Stress?« Das sah Philipp anders. »Das war doch kein Stress, das war ein detektivisches Abenteuer. Hatten wir uns nicht vorgenommen, was Spannendes zu erleben? Wir können verdammt stolz auf uns sein. Oder sehe ich das falsch?«

Jakob klopfte seinem Vetter auf die Schulter. »Du siehst das mal wieder goldrichtig. Wir sind die Helden.«

Mit schweren Beinen stapften die drei müden Helden zu ihrem Zeltplatz. Der Tag war lang und aufregend gewesen. Ja-

kob entzündete die Petroleumlampe. Nein, zum Feuermachen hatten sie keine Lust mehr. Es war schon fast Mitternacht. Die leichten Windböen versprühten pulvrigen Schnee. Undeutlich waren die Lichter von Uhlendiek zu erkennen. Vielleicht feierten dort ein paar Leute mit ihren Hunden und Katzen das Wiedersehen. Gewiss hatte Annette ihre kleine graue Katze Gipsy mit ins Bett genommen.

Jetzt aber schnell rein in die Schlafsäcke! Die drei Jungen bibberten um die Wette. Erst allmählich wurde ihnen warm. Jakob schnitt dicke Scheiben vom Brotlaib, Lutz verteilte Käsewürfel, die er mit seinem Allzweckmesser vom großen Löcherkäsebrocken absäbelte. Philipp kramte eine Flasche Orangensaft aus seinem Rucksack, die machte dann die Runde. Und dann löschte Jakob das Licht und zurrte die Zeltplane zu.

Aber so müde sie auch waren, noch wollte der Schlaf nicht kommen. Die Erlebnisse des Tages spukten in ihren Köpfen. Überdeutlich nahmen die Jungen den sachten Wind und das Gluckern des Baches wahr. In der Ferne tönten klagende Eulenschreie. Irgendwann schliefen sie nacheinander ein.

Wohlig erfrischt wachten sie am Morgen auf und rieben sich die Augen. Lutz kroch als erster aus dem Zelt und stellte fest, dass wieder ein strahlender Tag über dem Land lag. Fast schon zehn Uhr! Lutz rieb sich mit Schnee das Gesicht ab. Dann sah er Annette, die sich auf ihrem Pony näherte.

»Raus, ihr Schnarchbären!«, rief er. »Wir bekommen Besuch.«

Annette band Schneewittchen bei den Uferbüschen an. Sie hatte das Frühstück für die Jungen mitgebracht: Milchkaffee in einer Thermoskanne, Pflaumenmus, Schinkenröllchen und aufgebackene Brötchen in einem Deckelkorb, die noch warm waren. Lutz, Philipp und Jakob ließen es sich schmecken.

»Von euch ist ein Foto in der Zeitung«, sagte Annette. »Da macht ihr Gesichter wie verhaltensgestörte Clowns. Richtig schön doof.«

»Wer hat denn die Zeitung gebracht?«, wollte Jakob wissen. »Den Walle haben doch die Bullen mitgenommen.«

»Irgendein anderer Postbote. Ich hab ihn vorher noch nie gesehen.« Annette kicherte. »Der war noch völlig durch den Wind, als er bei uns ankam, weil Xerxes ihn angegriffen hat. – Ich bin so froh, dass Gipsy wieder bei mir ist.«

»Das hatten wir dir doch versprochen, dass du deine Katze noch vor Weihnachten wiederbekommst«, sagte Philipp lässig.

Lutz zeigte mit dem Daumen auf das Pony. »Prima Pferdchen, dein Schneewittchen. Ich bin noch nie geritten.«

»Ich auch nicht«, meinte Philipp. »Muss echt schön sein.«

Da hatte Jakob einen Vorschlag. »Mensch, Philipp, du kannst doch nachher mal zusammen mit Lutz auf unseren Ponys reiten.«

Lutz und Philipp wurden richtig rot vor Freude.

Annette hatte es eilig. »Bringt den Korb und das Geschirr mit, wenn ihr fertig seid, okay? Ich muss Mama beim Christbaumschmücken helfen.« Schon stieg sie in den Sattel.

Ob die Großstadtjungen den Ritt heil überstehen?

Lies morgen weiter!

24. Dezember

Ein Ausritt durch die verschneite Prärie

Im Fliederbusch vor dem Haus der Haferkamps leuchtete eine Lichterkette. Laute Musik hallte durch das Haus. *Süßer die Glocken nie klingen als zu der Weihnachtszeit* . . . Annette stand auf der Leiter und befestigte den silbernen Glitzerstern auf der Spitze des großen Tannenbaums. Ihre Mutter hängte bunte Kugeln und Strohsterne in die Zweige. Da polterten die drei Jungs in die Diele.

»Hallo, ihr großen Stars!«, rief Karin Haferkamp. »Eure Gesichter sind sogar auf der Titelseite der Zeitung gedruckt.«

»Wissen wir schon«, sagte Lutz.

Jakob nahm den *Kreis-Kurier* vom Tisch und hielt das Zeitungsblatt hoch. Dort prangte in dicken Lettern die Überschrift:

LAMETTA-BANDE VON DER POLIZEI GEFASST
Alle entführten Tiere gesund und munter / Besitzer glücklich

Auf einem großen Foto waren Tierschützer in weißen Overalls, Polizisten und ein paar Leute mit Hunden und Katzen auf den Armen zu sehen. Dann gab es noch ein kleines Bild mit den Gesichtern der drei Jungen. Annette hatte recht gehabt: Es waren komische Clownsgesichter auf dem Blitzlichtfoto, kaum zu erkennen. Und die Bildunterschrift erzeugte bei Philipp, Lutz und Jakob Protestgeschrei. *Diese pfiffigen Jungs gaben der Polizei wichtige Tipps.*

»Pfiffige Jungs!«, kreischte Lutz. »Völlig bescheuert! Außerdem haben wir der Polizei keine Tipps gegeben. Wir haben doch den Fall gelöst.«

Jakob überflog den Artikel. »Ziemlicher Quatsch. Nicht mal unsere Namen werden genannt, obwohl der Zittwitz sie extra notiert hatte.«

Philipp rümpfte die Nase. »Was kann man von einer Bohnenstange auch schon erwarten! Den Mann sollte man in der Pfeife rauchen.«

Jakob pfefferte die Zeitung in die Ecke. »Kann man vergessen!«

»Nun regt euch doch nicht so auf«, mahnte Karin Haferkamp. »Die Hauptsache ist doch, dass alles gut ausgegangen ist. Und das feiern wir heute Abend. Ihr seid natürlich zum Essen eingeladen.«

»Eigentlich wollen wir uns Pellkartoffeln kochen und Heringsfilets in Tomatensoße dazu essen«, versuchte Lutz zu widersprechen.

Aber Karin Haferkamp duldete keinen Widerspruch. »Heute seid ihr bei uns zu Gast. Haben wir denn nicht einen guten Grund zum Feiern? Wir backen Apfelpfannkuchen.«

»Und ihr seid die Ehrengäste, ihr pfiffigen Jungs!«, krähte Annette von der Leiter. »Ich fabriziere einen Überraschungsnachtisch. Ihr werdet euch wundern. Eine Spezialerfindung von mir.«

»Hört sich gar nicht mal so übel an«, gab Philipp zu. »Was ist denn jetzt mit dem Reiten?«

Jakob führte die beiden in den Stall und sattelte die Ponys. Philipp wollte unbedingt auf Schneewittchen reiten. Das fand Lutz prima, denn Hannibal war ein bisschen größer.

»Reitet erst mal ganz langsam im Schritt«, sagte Jakob, als er die Ponys an den Zügeln aus dem Stall führte. »Und ganz locker bleiben, kapiert? Die fangen dann schon von allein an, schneller zu galoppieren. Hals- und Beinbruch!« Jakob lachte.

Das war ein sehr feierliches Gefühl, als Lutz und Philipp die Füße in die Steigbügel schoben, sich in den Sattel hockten und behutsam nach den Zügeln griffen. Die kleinen Pferde waren offenbar zuerst ein wenig verdutzt, dass fremde Jungen auf ihren Rücken saßen, doch als Jakob ihnen ein paar aufmunternde Klapse auf die Hinterbacken gab, setzten sie

sich munter in Bewegung. Zuerst waren Lutz und Philipp ein wenig unsicher, aber dann genossen sie das Gefühl, zum ersten Mal im Leben ein richtiger Reiter zu sein. Und jetzt kamen ihnen die Islandponys auch gar nicht mehr so klein vor.

»Stell dir mal vor, wir wären zwei harte Cowboys und reiten durch die verschneite Prärie«, sagte Philipp. »Wahrscheinlich suchen wir nach Rindern, die sich von der Herde entfernt haben und jetzt von Wölfen bedroht werden oder sogar von Bären.«

»Wir könnten aber auch Trapper sein, die in den Rocky Mountains nach neuen Jagdgründen suchen«, meinte Lutz. »Das mit den Bären kannst du übrigens vergessen. Um diese Jahreszeit halten die Bären in ihren Höhlen Winterschlaf.« Dann fiel ihm eine noch bessere Rolle ein. »Oder wir sind Pfadfinder, die für den Siedlertreck auf dem Weg in den Wilden Westen einen Pass über das Gebirge auskundschaften.«

Philipp lachte. »Nee, lass mal, du großer Pfadfinder. Ich will Cowboy sein. Oder vielleicht auch Indianer. Wir reiten auf feurigen Mustangs . . .«

»Mann, Philipp, wir haben nur noch eine Nacht im Zelt. Mist, dass wir morgen schon nach Hause fahren müssen. Ich würde gern noch 'ne Weile hierbleiben. Tiere beobachten, die Landschaft erkunden und nachts Lagerfeuer machen.«

»Ich auch. Aber Heiligabend muss man nun mal mit der Familie verbringen. Da ist nix zu machen. – Komm, wir reiten zur Kapelle rauf!«

Schneewittchen und Hannibal hatten offensichtlich Spaß an dem Ausritt im glitzernden Schnee. Sie liefen immer schneller, obwohl es bergan ging. Die beiden Reiter blinzelten in die tief stehende Wintersonne.

Der Zaun um die Ausgrabungsstätte war wieder verriegelt. Nur die Autospuren erinnerten noch an die Ereignisse der vergangenen Nacht. Die Jungen ritten auch an den verwaisten Gebäuden der ehemaligen Straußenfarm vorbei.

Als die Reiter sich Haferkamps Hof näherten, galoppierten die beiden Ponys wie wild los. Philipp passte nicht auf, er war noch mit seinen Abenteuerträumen beschäftigt – und schon fiel er aus dem Sattel und plumpste in den Schnee.

Jakob und Annette standen am Gartentor und lachten schallend.

»Was gibt's denn da zu lachen?«, rief Philipp. »So steige ich doch immer ab. Das ist meine Spezialität.«

Annette hielt Gipsy auf dem Arm. Sie hatte dem Kätzchen ein Halsband aus Lametta geflochten. Jakob malte mit einem Besenstiel große Buchstaben in den Schnee:

FROHE WEIHNACHTEN!

C. Alexander London

*hoffentlich

Wir werden nicht von Yaks gefressen*
978-3-401-50540-4

*oder gegrillt

Wir werden von Kannibalen zum Essen eingeladen*
978-3-401-50541-1

*mögen aber Tintenfischringe

Wir ringen nicht mit Tintenfischen*
978-3-401-50542-8

*mit ein paar Käsebällchen

Wir retten die Welt*
978-3-401-50543-5

Arena

Jeder Band:
Kartoniert
www.arena-verlag.de

Jamie Thomson

Dark Lord

...da gibt's nichts zu lachen

Geht's noch schlimmer? Dark Lord, der größte Weltenzerstörer des Universums – von seinem Widersacher verbannt auf den kleinen blauen Planeten namens Erde. Und das im erbärmlichen Körper eines Elfjährigen, den alle Dirk Lloyd nennen! Keine Frage: Der dunkle Lord muss schleunigst zurück in sein fernes Reich. Dazu muss er allerdings den letzten Rest seiner magischen Kräfte aktivieren – und seine irdischen Freunde Suus und Christopher um Hilfe bitten!

Arena

Als Hörbuch
bei Der Hörverlag

272 Seiten • Klappenbroschur
Auch als E-Book erhältlich
ISBN 978-3-401-50641-8
www.arena-verlag.de

Jo Pestum

Die Weihnachtsmarktdetektive

Ein Weihnachtskrimi in 24 Kapiteln

Ben und Justus können es nicht fassen: Schon seit Tagen machen Silberdiebe den Weihnachtsmarkt unsicher! Hat ihr Freund Carlo etwas mit der Sache zu tun? Der verhält sich in letzter Zeit nämlich äußerst merkwürdig. Doch der Silberdiebstahl ist nicht das einzige Verbrechen, dem die Detektive auf der Spur sind.

Arena

200 Seiten • Arena Taschenbuch
Mit perforierten Seiten zum Aufschneiden
ISBN 978-3-401-50422-3
www.arena-verlag.de

Amina Paul

Die Welt steht kopf – in der Elternschule

Irgendetwas stimmt an diesem Morgen nicht: Florians Eltern sitzen im Wohnzimmerschrank und weigern sich, zur Arbeit zu gehen, Lenchens Vater flutet die Wohnung, weil er Papierschiffe versenken will, und die Rentner aus dem Altenheim eröffnen einen Discobus. Und als ob das alles nicht schon genug wäre, beginnt plötzlich auch noch ein fremder Reporter, in der Stadt herumzuschnüffeln.

Arena
272 Seiten
Arena-Taschenbuch
ISBN 978-3-401-50528-2
www.arena-verlag.de

Jo Pestum

Die gestohlenen Weihnachtsgeschenke

Eine Weihnachtswichtelbande treibt in der Stadt ihr Unwesen. Wieso klauen sie ausgerechnet Spielsachen und Süßigkeiten? Till und Rufus stolpern zufällig über eine Spur, die sie zu den Weihnachtswichteln führt und nehmen die Verfolgung auf. Aber was haben Paula, Kerstin und Hassan mit der Sache zu tun? Und wer ist der Unbekannte, der ihnen am Telefon droht?

Arena

200 Seiten
Arena-Taschenbuch
Mit perforierten Seiten zum Aufschneiden
ISBN 978-3-401-50644-9
www.arena-verlag.de